ODIO Y DESEO

JACQUELINE BAIRD

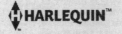

Editado por Harlequin Ibérica.
Una división de HarperCollins Ibérica, S.A.
Núñez de Balboa, 56
28001 Madrid

© 2007 Jacqueline Baird
© 2016 Harlequin Ibérica, una división de HarperCollins Ibérica, S.A.
Odio y deseo, n.º 2451 - 9.3.16
Título original: The Italian Billionaire's Ruthless Revenge
Publicada originalmente por Mills & Boon®, Ltd., Londres.
Este título fue publicado originalmente en español en 2008

I.S.B.N.: 978-84-687-7603-3
Depósito legal: M-40056-2015
Impresión en CPI (Barcelona)
Fecha impresion para Argentina: 5.9.16
Distribuidor exclusivo para España: LOGISTA
Distribuidores para México: CODIPLYRSA y Despacho Flores
Distribuidores para Argentina: Interior, DGP, S.A. Alvarado 2118.
Cap. Fed./Buenos Aires y Gran Buenos Aires, VACCARO HNOS.

Capítulo 1

EL resplandeciente yate negro surcaba ágilmente las verdes aguas del Mediterráneo y, mientras se aproximaba a la isla de Mallorca, aflojó la marcha para atracar junto a la dársena de Alcudia. Con una sonrisa de satisfacción, Guido Barberi pasó el timón al capitán.

–Todo suyo.

Vestido con pantalones cortos blancos y zapatillas, salió a cubierta y echó una ojeada al puerto de Alcudia, abarrotado de turistas, antes de volverse hacia la tripulación que aseguraba el barco en el amarre. Satisfecho con el resultado, miró con admiración el antiguo yate atracado junto al suyo. Dos mujeres tomaban el sol sobre la cubierta de madera.

Una de ellas, rubia, estaba sentada y observaba con evidente interés la llegada del nuevo yate. Pero fue la otra, tumbada boca abajo sobre una colchoneta, la que le llamó la atención mientras su instinto de macho depredador se activaba.

Él se dijo que no podía ser ella, pero la necesidad de confirmarlo era abrumadora. Lentamente, se ajustó los prismáticos que llevaba colgados del cuello y enfocó a la mujer. Desde la planta de los pies, su mirada ascendió por las largas y torneadas piernas hasta el respingón trasero…

Ahí estaban, junto a la base de la columna, dos perfectos y redondos hoyuelos. Rápidamente, recorrió el resto del cuerpo mientras apreciaba la fina cintura, los suaves hombros y la espesa y dorada cabellera recogida en la nuca. Leía un libro, ignorante del interés que había despertado. Él esbozó una fría sonrisa. Solo había visto una mujer… conocido a una mujer que tuviera dos hoyuelos tan característicos en ese lugar. Le habían fascinado por completo. Sus labios los habían tocado, y su lengua saboreado, incontables veces antes de finalmente poseer su cálido cuerpo. Dejó caer los prismáticos y deslizó las manos en los bolsillos del pantalón mientras su cuerpo reaccionaba de inmediato y con entusiasmo ante los recuerdos.

Tenía que ser ella. Era ella. Su exmujer, Sara Beecham.

Los recuerdos, que él creía enterrados, volvieron con fuerza.

Aún recordaba el preciso instante en que la había visto por primera vez. Ella estaba de espaldas y los vaqueros de talle bajo apenas cubrían el delicioso trasero, pero habían dejado al descubierto esos dos hoyuelos que habían despertado su curiosidad. Al volverse hacia él, su belleza lo había dejado sin aliento y el ajustado jersey, la pequeña cintura y las largas piernas le habían excitado tanto que él no se había atrevido a moverse. Fue amor a primera vista, o al menos eso pensó él. Con el tiempo, se había dado cuenta de que no había sido más que lujuria por su parte.

El breve matrimonio había sido una clase magistral sobre la deslealtad de las mujeres, sobre todo de aquella en particular. Lo descubrió cuando ella lo abandonó, junto con un cheque que le había exigido a su padre. Su esposa desapareció sin dejar rastro, salvo por una breve nota de despedida. Él se negaba a creerlo, pero un cuarto de millón de libras cobrado por ella a los pocos días de su regreso al Reino Unido le habían convencido. El divorcio fue rápidamente solucionado por los abogados y él no había vuelto a verla hasta ese instante.

−¿Has visto Il Leonesa? Eso es lo que yo llamo un yate. ¡Vaya! ¿A quién le importa el barco? ¡Qué hombre! Mira… pero, ¡mira! Cielos. ¿No es el tipo más guapo que hayas visto jamás? Qué hombros, qué pecho, qué piernas…

Sara levantó de mala gana la vista de la novela de misterio y miró de reojo a su compañera.

−Por favor, Pat, espero que no sea otro de esos dioses griegos recién llegados del Olimpo. Debe hacer el número cien desde la semana pasada −ella rio−. Y te recuerdo que estás casada.

−Créeme, este es excepcional. Es el hombre más atractivo y salvajemente viril que haya visto en mi vida. Desgraciadamente, tiene los prismáticos enfocados hacia ti −Pat suspiró.

−Eres terrible −Sara volvió a centrar su atención en el libro.

−Y tú, chica, estás desperdiciando tu vida. Estás a bordo de un yate con seis solteros y únicamente dos mujeres. Resulta obvio que Peter Wells está loco por ti, y tú, ¿le animas? No. Cuando no estás guisando, estas casi todo el tiempo con la nariz enterrada en un libro. ¿Dónde está tu espíritu aventurero? Si yo fuera tú, ya estaría averiguando quién es ese maravilloso hombre. De hecho, creo que voy a hacerlo de todos modos. Le invitaré a nuestra fiesta de despedida esta noche. A Dave no le importará si le digo que es por ti.

−No −Sara se sentó de golpe−. Ni te atrevas −pero ya hablaba con la espalda de Pat. El problema era que su amiga se atrevía… a todo. Y Dave, su marido, era igual. Al principio, como su amiga y contable ocasional, Sara les había intentado enseñar las virtudes de la contención, pero esa palabra no estaba en su diccionario.

De modo que Sara, tras la suplicante llamada de su amiga, se había reunido con ellos en Marsella para unirse al crucero como cocinera. El cocinero contratado no había aparecido y estaban desesperados. Había compartido piso con Pat al poco de empezar a trabajar en una empresa internacional de contabilidad, en Londres, y Sara sabía lo inútil que era en la cocina. Ella era una excelente cocinera, y sus amigos atravesaban una delicada situación financiera.

Tras su matrimonio, tres años antes, ambos habían dejado sus trabajos y habían invertido todo su dinero en ese yate. La idea era vivir de la organización de cruceros durante los cuales enseñarían a navegar a la gente. Sobre el papel había parecido buena idea, pero con Pat embarazada, pronto necesitarían un lugar donde instalarse, preferentemente en Inglaterra. Dave confiaba en poder conservar el yate y alquilar un apartamento en Londres hasta que el bebé fuera suficientemente mayor para empezar a navegar con ellos. Pero Sara había visto las cuentas, y sabía lo carísimo que era, simplemente, mantener el yate.

Aunque bastante grande, el barco era viejo. Un precioso yate de madera, muy romántico, pero muy caro de mantener. Incluso con Dave como instructor y capitán, y con Pat como miembro de la tripulación, necesitaban un mínimo de tres marineros cualificados, un cocinero y un mozo de cabina. En cuanto al seguro, sabía lo caro que era, porque era ella quien gestionaba la póliza.

Los grupos solían ser de gente joven con experiencia en navegación y ganas de aprender más, pero las vacaciones resultaban caras y, si el viento aflojaba, exigían que se utilizara el motor y, dado el precio astronómico de la gasolina, una mar en calma podía, literalmente, tragarse los beneficios de un viaje. Además, el amarre costaba una fortuna, y por eso Sara había interrumpido la segunda semana del curso de cocina Cordon Bleu al que asistía en el sur de Francia para ayudarlos.

Sara levantó la vista hacia el enorme velero frente a ellos. Cielo santo, tenía un helicóptero aparcado en cubierta. A saber cuánto dinero hacía falta para mantener un barco así…

De repente, sus ojos se posaron en el objeto del entusiasmo de Pat, o al menos en su parte trasera. Era alto, de cabello negro, anchos hombros y una amplia espalda que se estrechaba en la cintura y las caderas. Sus piernas eran largas y musculosas. De repente, ella se estremeció, pero se encogió de hombros y volvió a enfrascarse en las intrigas de su novela de misterio.

Horas más tarde, Guido Barberi se reclinó contra la barandilla del yate vecino mientras estudiaba a la mujer que acababa de aparecer en cubierta. Reconoció sin entusiasmo que los últimos diez años no habían sino aumentado su belleza. Su larga melena castaña caía en ondas sobre los hombros y la sedosa piel estaba ligeramente bronceada. Sus cejas perfectas enmarcaban unos ojos azules de espesas pestañas; su nariz era pequeña y recta, y el labio superior de la sensual boca dibujaba claramente un corazón. Llevaba un vestido blanco que revelaba la suave curvatura del pecho desprovisto de sujetador. El vestido marcaba su cintura y terminaba justo por encima de las rodillas, dejando ver unas largas piernas.

Él sintió el inmediato movimiento en la ingle y se decidió al instante. Hacía dos semanas que había terminado con Mai Kim, en Hong Kong, y vuelto a Italia. Había pasado unos días en Nápoles, para asistir a la boda de su hermano pequeño, Aldo, y después había ido a Mónaco en busca de su nuevo yate. Hacía dos días que había zarpado de Francia para probar el yate. Satisfecho con los resultados, había iniciado un placentero viaje a la isla de Mallorca. Había disfrutado de la paz y tranquilidad que creía necesitar, pero, en esos momentos, se daba cuenta de que le faltaba una mujer. Una mujer en concreto. Y, *Dio*, ella se lo debía, pensó él mientras una amarga sonrisa afloraba a su rostro.

Sara subió a cubierta e hizo un gesto ante el grupo que deambulaba por el reducido espacio. Como de costumbre, Pat había conseguido convertir el grupo de ocho personas que había alquilado el barco, en una muchedumbre de unas treinta. Había hecho lo mismo en cada puerto, con la intención de convertir el viaje en un éxito y esperando que el grupo volviera a alquilar su yate. Era divertido, pero lo cierto era que Sara se alegraba de que el crucero tocara a su fin. A la mañana siguiente partían hacia Ibiza, y Sara volaría a su casa esa misma noche. Siete días de navegación y fiestas eran más que suficientes. Por mucho que le gustara cocinar, tras alimentar a quince personas durante una semana, con la única ayuda de un mozo de cabina, estaba harta.

Aun así, no tenía derecho a quejarse. Entre fiesta y fiesta, y comida y comida, se había puesto al día con la lectura, y había disfrutado con la compañía de los invitados. De hecho, le había venido bien el cambio. Se sentía más relajada de lo que se había sentido en años. Quizás Pat tuviera razón… A lo mejor había llegado el momento de buscarse un hombre.

–Sara, estás preciosa, como de costumbre. ¿Bailamos?

–Peter –ella sonrió al hombre alto y rubio. Trabajaba en una importante empresa financiera de Londres, como el resto del grupo, y era considerado una especie de genio. Tenía únicamente veinticuatro años, pero, al parecer, había ganado millones, y no había hecho más que empezar. Trabajaba duro y jugaba duro...

–¿Habrá sitio suficiente? –preguntó ella mientras contemplaba la abarrotada cubierta, antes de añadir–, ¿Por qué no? Es nuestra última noche, y aquí no podrás intentar ningún truco.

Hasta ese momento, había puesto la mano en su trasero en Córcega; le hacía arrancado el sujetador del bikini mientras estaba tumbada boca abajo en Cerdeña, y la había intentado emborrachar numerosas veces. Y el día anterior, la había arrojado por la borda en Menorca, para después escenificar todo un drama para rescatarla, a pesar de ser ella muy buena nadadora.

–Pues no sé... –él la abrazó por la cintura y, antes de que pudiera reaccionar, le agarró la nuca y su sonriente boca cubrió la de ella. Sara estaba tan estupefacta que no se resistió.

–Me había propuesto besarte antes de que finalizara el crucero –dijo él mientras la miraba con un brillo divertido, y otras cosas, en su mirada– para recordarte lo que te estás perdiendo.

Ella sonrió con amargura. El beso le había sorprendido y había sido agradable, removiendo su sangre por primera vez en años. Y, sí, Peter tenía razón, le había recordado lo que se estaba perdiendo, pero lo que le preocupaba era ese algo más en su mirada. Él la sujetaba tan pegada a su cuerpo que ella no podía evitar percibir su excitación y, con las manos firmemente apoyadas en su torso, lo empujó hacia atrás.

–Ha sido aún mejor de lo que me había imaginado.

–Pues, de ahora en adelante, confórmate con tu

imaginación –dijo ella secamente–, porque no busco un juguete –habían llegado a convertirse en buenos amigos y ella no quería ofenderle, pero no estaba segura de querer animarle sobre la base de un agradable beso. Aunque, a lo mejor, tras diez años de celibato, su cuerpo intentaba decirle que no era tan mala idea…

–¿Cortas conmigo por lo sano? –exclamó él con una mano sobre el corazón.

Sara rio. Peter era incorregible. Atractivo, con confianza en sí mismo. Las chicas caían a sus pies. ¿No había sido ella también joven y despreocupada? Aquella noche iba a divertirse. El yate resplandecía con sus luces y la gente charlaba animadamente. El ambiente era perfecto.

–No sé a qué te refieres –ella sonrió–. Y usted, caballero, es un perfecto comediante.

–Qué bien me conoces, querida.

–Cielos, eres tan exagerado que no sé cómo consigues engañar a ninguna chica.

–Vamos –él la rodeó con un brazo mientras ella lo miraba de reojo –. Te conseguiré algo de beber, y no, no intentaré emborracharte, pero es que pareces tener mucho calor…

–Hace calor –ella sonrió lascivamente–, y parece que la noche será tórrida…

Guido hizo una mueca mientras el chico rubio tomaba a su exesposa en brazos. ¿De qué se sorprendía? Había hecho algunas averiguaciones después de que Pat Smeaton abordara su yate para invitarlo a la fiesta.

Pat y Dave Smeaton eran los dueños del yate. Dave era el capitán y, con la ayuda de su esposa, dirigía el negocio. Organizaban cruceros privados para grupos, y en esos momentos llevaban a unos empleados de una gran firma financiera de Londres, dirigida por un cono-

cido de Guido, Mark Hanlom. Al parecer, el rubio era
Peter Wells, el chico de oro, pero Sara Beecham, que
había recuperado su apellido de soltera, no era emplea-
da de Hanlom. Al verla bailar con el joven, Guido supo
enseguida por qué estaba allí.

Guido avanzó con rigidez ante la visión de la pareja que se besaba. Sus ojos oscuros brillaban furiosos,
y necesitó todo su autocontrol para no arrancar a la
mujer de los brazos de ese tipo.

Guido se escandalizó ante su propia reacción. Hacía
años que no había pensado en su exmujer. Otras mujeres le habían satisfecho notablemente en el aspecto sexual y, si había pensado en Sara, había sido con desdén,
como la pequeña zorra egoísta y despiadada que era.

Guido observó a la pareja, que reía mientras el chico la rodeaba con un brazo y la guiaba hacia el bar. De
repente dio un respingo. Sara, la mujer que había llevado a su hijo en el vientre, ¡ni siquiera era consciente
de su presencia!

Era toda una experiencia para él. Normalmente era
el objeto de las miradas femeninas. Pero Sara no se
había fijado en él... ¿O sí?

Durante la última década, Guido había sido consciente de cada una de las tretas femeninas para atraparlo. ¿Jugaba con él? *¡Dio!* Ella era toda una experta,
y él lo había pagado con creces.

Pero no en esa ocasión. Cuadró los hombros y, con
la gracia de una pantera que acecha a su presa, avanzó
sigilosamente entre la multitud hasta el bar y se situó
justo detrás de ella.

−Sara −dijo él muy despacio mientras colocaba
una mano sobre su hombro−. ¿Eres tú?

−Yo le conozco −balbuceó el joven−. Usted es Guido Barberi, el famoso magnate del transporte y mago
financiero −el joven extendió una mano−. Peter Wells,
encantado de conocerle.

Guido aceptó la mano tendida del joven aunque hubiera preferido tumbarlo de un puñetazo. Ese tipo era evidentemente buen amigo de Sara. Incluso había tenido la osadía de besarla en público, y a saber qué más. Aun así, parecía sentir por él el respeto debido a un superior.

–El gusto es mío –respondió Guido mientras su mirada se posaba en la mujer que lo miraba como si estuviera ante un fantasma–, pero en realidad es con Sara con quien quisiera hablar. Somos viejos amigos, ¿verdad, Sara? –preguntó él con voz melosa.

Capítulo 2

EN cuanto oyó la profunda y oscura voz que la llamaba, Sara supo que era él... Guido Barberi. Ella se había vuelto bruscamente y con el cuerpo en tensión, instantáneamente a la defensiva contra las ya olvidadas sensaciones que despertaba esa voz con su ligero acento. Y en ese momento, ella lo miraba, completamente conmocionada.

Durante un buen rato se limitó a mirarlo como una boba, incapaz de creer lo que veía. Allí estaba Guido, su exmarido.

Vestía de manera informal, aunque impecable, con una camisa abierta que mostraba su fuerte cuello. Los pantalones de lino, de talle bajo, estaban sujetos por un cinturón cuya hebilla, un discreto rectángulo de plata, descansaba sobre su vientre plano y... no, no iba a bajar más.

Sara alzó bruscamente la cabeza mientras estudiaba su rostro. Llevaba el cabello más corto y con la raya a un lado. Seguía siendo muy atractivo, pero no del modo juvenil que ella recordaba. Sus marcados rasgos se habían endurecido en cierto modo. Sus pómulos destacaban más y unas pocas arrugas eran visibles en el rabillo de los ojos negros mientras que los sensuales labios dibujaban una tensa línea. Duro y triunfador, exudaba un aire de poder y confianza que pocos hombres podrían igualar. Y ella sabía por experiencia lo despiadadamente decidido que podía llegar a ser a la hora de utilizar todo su talento para lograr sus propósitos.

Lo miró, muda de espanto. Abrió la boca para decir algo, pero su mente era un torbellino, una horda de conflictivas emociones que revoloteaba en su interior.

—Sara —él repitió su nombre—. ¿Ya no te acuerdas de mí?

Ella percibió la burlona mirada en sus ojos y la ira coloreó sus pálidas mejillas. Ya la había puesto en ridículo una vez, pero nunca más. Tenía veintiocho años, no los dieciocho de entonces. Y había seguido su camino.

A los veinticinco se había asociado con una importante empresa de contabilidad de Greenwich, Thompson e hijo. Sam Thompson, el hijo, se hacía mayor y necesitaba un socio para poder trabajar menos y dedicarse más al golf. El negocio era próspero y ella triunfaba por méritos propios. No necesitaba a ese cerdo despiadado y arrogante que la miraba desde su altura.

—Claro que no, Guido, pero, ¿de dónde has salido? —preguntó ella sin esperar respuesta—. Dado que no nos hemos visto en casi diez años, me temo que «viejos amigos», es un poco excesivo —prosiguió ella con una increíble frialdad, a pesar de que por dentro temblaba como una hoja.

—Mi yate está fondeado ahí enfrente y una encantadora rubia me invitó.

Sara casi soltó un gemido. El palacio flotante era suyo, y Pat le había invitado. Él jamás habría rechazado la invitación de una preciosa mujer. La primera vez que lo vio, él asistía a una fiesta acompañado de una estudiante que vivía en el mismo bloque de apartamentos que ella, pero eso no le había impedido flirtear con ella, ni marcharse con ella, y Sara había sido lo bastante estúpida como para permitírselo.

Para ser justos con la otra chica, al día siguiente

había intentado advertirle. Le había dicho a Sara que se había fijado en ella mientras la chica salía con otro hombre, que era un seductor redomado y que una no podía fiarse de él más que para un revolcón ocasional. Con el tiempo, Sara deseó haberle hecho caso en lugar de acusarla de celosa. Los ojos azules se ensombrecieron momentáneamente al recordar el dolor, y más…

—Ya veo —Sara se dio cuenta, de repente, del prolongado silencio. Porque, al fin, lo veía claro.

Guido había sido su primer y único amante, y cuando ella quedó embarazada y se casaron, pensó que su vida no podía ser más perfecta. La llevó a vivir a Italia, a la inmensa villa familiar en la bahía de Nápoles, donde ella había descubierto que tenía mucho dinero. Al final, una combinación letal entre el odio que sentía la familia hacia ella, los oídos sordos de Guido, además de su evidente falta de confianza en ella, casi la había destrozado.

No había tenido otra opción que conservar la cordura.

Al contemplar el impresionante yate de su propiedad, y recordando un artículo sobre su vida aparecido al cumplir los treinta, ella supo que no pertenecía a su clase. El artículo describía su vida desde el colegio a la universidad, de donde había salido para dirigir la empresa de transporte de la familia. Gracias a su perspicacia para los negocios, Guido Barberi había transformado el negocio con la adquisición de una flota de barcos mercantes, petroleros, una línea aérea de transporte y otras empresas, en uno de los grupos de empresas de más éxito de Italia. A partir de una pequeña empresa de transportes en Nápoles, el Grupo Barberi se había convertido en una de las empresas más lucrativas de Italia, con más de doscientos mil empleados en todo el mundo.

El Grupo Barberi… moviendo el mundo, había

sido el título del artículo. En cuanto a Guido Barberi, decía que se le consideraba uno de los solteros más codiciados del mundo y la lista de hermosas mujeres con las que había salido era interminable. Pero no se mencionaba siquiera que hubiese estado casado.

Había borrado a Sara de su biografía con la misma facilidad con que se había deshecho de ella. Ella supuso que se habría casado en los cuatro años que siguieron al artículo.

Los ojos azules estudiaron el atractivo rostro que aún tenía el poder de acelerarle el pulso. Pero también observó la crueldad de su sonrisa. Era un hombre seguro de sí mismo, con una arrogante convicción en su superioridad sobre los demás mortales... un hombre al que pocos, o nadie, se atreverían a desafiar. Y ella supo que había tomado la decisión correcta años atrás.

Guido percibió lo que le pareció un destello de temor en los ojos de ella, y una ligera dilatación en las pupilas que no podía ocultar. Había sentido el temblor de su cuerpo al tocarla. Su oscura mirada se posó en el escote del vestido, donde los pezones se marcaban claramente, y sintió una sensación de euforia. A lo mejor ella no había reparado en su presencia al subir a cubierta, pero, desde luego, en esos momentos sí. Su cuerpo la había delatado, tal y como había sucedido hacía diez años al verse por primera vez.

—Estoy seguro de que no te importa que baile con Sara —Guido se volvió hacia Wells—. Tenemos que ponernos al día —añadió mientras observaba la confusión en el rostro del joven y luego fijaba sus ojos, claramente desafiantes, en Sara.

—Estupendo, Guido —para alivio de Sara, Pat apareció en ese instante y tomó a Guido del brazo—. Te presentaré. Esta es Sara Beecham, nuestra cocinera. Hazme un favor y utiliza tus encantos, que es evidente que te sobran, para conseguir que se divierta un poco.

–Ya me he adelantado –respondió Guido con su habitual carisma–. Ya le he pedido que baile conmigo, y espero una respuesta.

–Pues claro que bailará –Pat respondió por ella–. Adelante, Sara. Ya te he dicho más de una vez que corres el peligro de convertirte en la típica cocinera: gorda y comiéndote tu propia comida.

–Gracias, Pat –Sara le lanzó una mirada asesina a su amiga. Desde el principio habían acordado mantener un tono profesional y Sara no quería que nadie supiera que era contable. Pero gorda... Pat se lo iba a pagar–, pero puedo hablar por mí misma.

Instantes después, Guido apoyaba una mano en la espalda de Sara mientras la conducía a la pequeña cubierta.

Arrancada de los fogones, Sara, a su pesar, tuvo que admitir que el placer despertado al ser abrazada por Peter se había multiplicado al encontrarse con Guido. La mano de la espalda rodeó su cintura y él la atrajo hacia sí mientras con la otra mano acariciaba el espacio entre los omóplatos.

Ella se puso rígida mientras luchaba contra las viejas y familiares sensaciones que su contacto evocaba. La siguiente canción era un baile lento. Pat seguramente había cambiado el disco.

Sara colocó las manos sobre el cuello de la camisa de él, para mantenerlo a distancia. No había otro lugar donde colocarlas, salvo sobre sus brazos, oscuros y ligeramente velludos. Y ella no quería tocarlo... demasiados recuerdos. Levantó la vista y, por un momento, le pareció percibir un destello venenoso en su mirada. Seguramente se equivocaba, porque sus labios dibujaban una sonrisa.

–¿Eres cocinera? Menuda sorpresa, aunque puede que no tanto –observó él–, dada la precariedad de tu situación cuando me abandonaste, supongo que la universidad era demasiado para ti. Y, claro, el cuarto de millón que conseguiste de mi padre debió quemarte en el bolsillo. Seguro que viviste a lo grande hasta que el dinero se terminó –añadió con cinismo.

Ella tuvo que morderse la lengua para no revelar la verdad. Cualquier duda sobre la opinión y aprobación de Guido a la idea de su padre de echarla de Italia acababa de disiparse, y la ligera sensación de culpa que había sentido al quedarse con el dinero, también.

–Sí, lo hice –mintió ella.

No iba a revelarle la agonía sentida al perder al bebé y ante la completa indiferencia mostrada por él durante el breve matrimonio. Y dio gracias a Dios porque Lillian, a la que consideraba su hermana, le había impedido romper el cheque y la había empujado a ingresarlo en el banco.

Ese dinero le había permitido retomar la carrera y comprarse un pequeño apartamento en Londres. Más adelante, junto con una pequeña herencia recibida de su madre, le había permitido asociarse en lo que ahora se conocía como Thompson and Beecham Accountants Ltd. en Greenwich. Había vendido el apartamento del centro de Londres y, con la ayuda de una hipoteca, se había comprado un piso de dos dormitorios con vistas al Támesis, en Greenwich, desde el que podía ir a pie al trabajo. Tenía una buena vida, y no iba a permitir que la presencia de Guido la arruinara. De modo que lo miró fijamente a los ojos.

–Además, me gusta cocinar –añadió.

–Recuerdo que eras buena cocinera, entre otras cosas, cuando nos conocimos y nos casamos –ella percibió el sensual brillo en su mirada y supo exactamente a qué se refería. Había sido su esclava fiel, dentro y fuera de la cama–. Aunque, en cuanto nos trasladamos a Italia, perdiste el interés.

–Es curioso –ella ignoró la connotación sexual en sus palabras–. Creo recordar que tus padres ya tenían cocinero –seguramente él había olvidado que le habían prohibido la entrada a la cocina. Aunque, a lo mejor, ni siquiera se había dado cuenta de ello–. Y cuando el cocinero no estaba, tu madre, tu tía y tu prima Caterina se encargaban de todo. Yo no era necesaria –estando Caterina, ella no había sido necesaria para nada, ni siquiera como esposa. Durante unas semanas, sin embargo, la había soportado por su embarazo. La familiar punzada de dolor al recordar al bebé que había perdido hizo que se pusiera aún más rígida.

–No ha sido más que un comentario casual –Guido se encogió de hombros mientras percibía la ira que bullía en ella, y recordaba el paranoico odio que había sentido por su prima. Pero eso ya no importaba. Quería acostarse con Sara, no llevarla junto a su familia. Cambió de tema–. Relájate, Sara, y disfrutemos del baile como dos viejos amigos.

¿Alguna vez habían sido amigos?, se preguntó Sara en silencio. Amantes, sí, y marido y mujer durante un breve tiempo, pero apenas habían pasado juntos seis meses, y casi la mitad había sido un completo desastre. Se había casado a los dieciocho y divorciado a los diecinueve. El recuerdo de ese año catastrófico aún tenía el poder de hacerle daño.

–Estás muy callada, y, que yo recuerde, eras justo lo contrario… muy charlatana.

–Pues sí, pero, ya te he dicho que me ha sorprendido verte –consiguió responder con firmeza Sara–. Pensé que te habrías vuelto a casar y que tendrías unos cuantos hijos.

–¿Y cómo sabes que no lo he hecho? –preguntó él burlonamente.

–No lo sé. Y la verdad es que no me importa. Simplemente intentaba ser amable –dijo ella secamente.

Su matrimonio no le había impedido dejarla a merced de su familia en Italia mientras él se marchaba a Estados Unidos, y ella dudaba de que los años y otra esposa le hubieran cambiado. Una rata siempre será una rata.

–Pues no lo he hecho. Una vez bastó –dijo él mientras la agarraba con más fuerza.

–Lo mismo digo –admitió ella mientras sentía el roce de los muslos de él contra su cuerpo.

–Menos mal que estamos de acuerdo en algo –él sonrió brevemente–. A lo mejor deberíamos continuar con el tema y averiguar si, después de todo este tiempo, tenemos algo más en común –hizo una pausa mientras la miraba a los ojos y la atraía aún más hacia sí–. No he olvidado el placer sexual que compartíamos, *cara mia*.

Ella abrió la boca, estupefacta ante el tono afectuoso. La caricia del pulgar sobre su espalda la hizo temblar. «Oh, no», pensó, al reconocer la sacudida en cada una de sus células a modo de incontrolable respuesta física ante un hombre al que podía odiar por muchas razones. ¿Cómo podía ser? Ella era incapaz de apartar la mirada de la suya, y el aire entre ellos estaba a punto de estallar de la tensión sexual.

–Éramos una buena pareja… –murmuró él. Estaban tan cerca que ella respiraba su cálido aliento–. Y podríamos volver a serlo.

–Será en tus sueños –le espetó ella, acalorada de pies a cabeza.

–No –sonrió él–. Los sueños son fantasía… el sexo del bueno es realidad. Admítelo, Sara, entre nosotros el sexo fue siempre espectacular. Y la química sigue ahí.

Él la deseaba y, durante un segundo, se sintió halagada… hasta que recordó la indiferencia mostrada ante todo lo sucedido entre ellos. Tragó con dificultad.

—No has cambiado. Lo único que siempre quisiste de mí fue el sexo.

—Y lo sigo queriendo.

Una pequeña sonrisa curvó los labios mientras la abrazaba con más fuerza y ella sintió los sensibles pechos aplastados contra su musculoso cuerpo. Aún tuvo tiempo de percibir la intención en su mirada justo antes de que se inclinara para besarla en la boca. Su mente gritaba, «no», pero, mientras la lengua de él se deslizaba sin esfuerzo dentro de su boca, ella se negó a escuchar.

Era lo más parecido a ser engullida por un tornado. El calor, las sensaciones, como una primitiva fuerza de la naturaleza golpeándola, haciéndola girar y elevándola cada vez más alto hasta perderse en el tiempo, perdida en el esplendor de su primer abrazo apasionado.

El persuasivo movimiento de su lengua que exploraba hábilmente el húmedo interior de la boca, y el calor de su mano que se deslizaba hasta la nuca para enredarse en sus cabellos e intensificar aún más el beso, hizo que perdiera el control. El deseo sensual invadió alocadamente las venas de Sara mientras cualquier atisbo de resistencia que pudiera quedarle desaparecía, y su cuerpo temblaba ansioso. La sensación de la otra mano, que empujaba su trasero para hacerle sentir la fuerza de sus muslos, era tan familiar…

Él la apretó contra sí y empezó a bailar con ella al ritmo de la música, sin apartar la boca de la suya. La mente de Sara estaba en blanco, salvo por el recuerdo de las veces que habían bailado así, sentido así, amado así… Era como si toda la fuerza de su sexualidad, reprimida durante tantos años, hubiera estallado. Ella deslizó las manos hasta los anchos hombros y se rindió hambrienta a la sensual delicia de su beso mientras también lo besaba.

Ella gimió cuando él separó ligeramente la boca, y gruñó cuando le mordió el labio inferior, pidiendo más.

—Aquí hay demasiada gente —murmuró él al tiempo que deslizaba su boca desde los labios de ella hasta el oído—. Sígueme.

Ella tembló mientras él la empujaba hacia atrás con una mano apoyada en su cadera y una pierna entre las de ella.

De repente, se paró y la soltó. Desprovista de apoyo, Sara se tambaleó. Sintió una pared a su espalda y, mirando a su alrededor, comprobó que estaban de cara al mar, a resguardo de las luces que rodeaban el barco.

—No es perfecto, pero sí algo mejor —susurró Guido mientras le acariciaba los labios con los suyos antes de deslizar su boca por el cuello.

Sara suspiró, perdida en el sensual sueño del pasado. Sentía las manos de él sobre sus pechos, y sus dedos apretando los pezones a través de la tela del vestido. Sumisa, se hundió contra él. Se ahogaba en un tormentoso mar de exquisitas sensaciones y no se dio cuenta de que las hábiles manos de Guido le habían desatado el vestido.

Ella levantó la vista y sus miradas se fundieron. El deseo ardiente se reflejaba en la profundidad de los ojos negros y ella alargó una mano hacia él.

—No. Primero deja que te mire —dijo él mientras le deslizaba lentamente el vestido—. Eres aún más bella de lo que recordaba.

Lo único que Sara podía hacer era mirarlo con ojos brillantes, cada átomo de su cuerpo suplicando ser poseída. Había pasado mucho tiempo desde que había sentido el contacto, saboreado el aroma, de un hombre... de ese hombre.

Él alargó una mano y acarició la suave curvatura de sus rotundos pechos.

–Dio, cómo necesito saborearte –gruñó él antes de chupar sus pechos, produciendo un placer tan tortuoso que ella arqueó la espalda. Una mano se deslizó entre sus piernas y ella tembló, ansiosa por recibir una caricia más íntima.

–Eres tan ardiente. Tan sexy –dijo él con voz áspera.

Él levantó la vista y sus miradas se encontraron. Ella vio la pasión, el deseo, en su rostro duro y atractivo. Él se inclinó un poco hacia atrás y deslizó su mirada hasta los rígidos pezones.

–Te deseo, Sara… muchísimo. Pero necesito saber una cosa. ¿Has dejado que Wells te hiciera esto mismo hoy?

Sara sintió la mano entre sus piernas y sus palabras roncas penetraron en su mente aturdida. La realidad, el horror de la situación, la golpeó con la fuerza de un rayo.

Y ella lo golpeó.

Instintivamente, cerró la mano y le golpeó la mandíbula con el puño, pillándole completamente desprevenido. Ella lo vio tambalearse contra la barandilla. Una pena que no se hubiera caído por la borda… pero morir ahogado era demasiado poco para ese bastardo. Ese tipo merecía ser colgado, arrastrado y descuartizado, pensó ella furiosa mientras lo apartaba de su camino y se volvía a poner el vestido.

Antes de que pudiera dar dos pasos, un fuerte brazo la atrapó por la cintura, la giró y la aplastó contra la pared de nuevo. A ella le dolían los nudillos, el corazón galopaba con fuerza y apenas podía creerse que acabara de golpearlo. Al parecer, no había desperdiciado las clases de boxeo que había tomado para mantenerse en forma. Pero le bastó un vistazo al hombre que la miraba amenazante con el cuerpo rígido, los oscuros ojos llameantes de ira, para dejar de sentirse tan valiente.

–¿A qué demonios ha venido eso? –él le sujetó el rostro con la mano y la obligó a mirarlo a los ojos, que reflejaban la furia y la pasión, y que la obligaron a respirar hondo mientras él proseguía–. Estabas conmigo, pedías más a gritos. ¿Qué ha cambiado, zorra alocada? ¿Has perdido el juicio? Alguien que fuera menos hombre te habría devuelto el golpe.

Las palabras, «zorra alocada», fueron la gota que colmó el vaso. Ella se quedó helada y toda su excitación desapareció de golpe mientras lo miraba con ojos fríos de desprecio.

–¿Te atreves a preguntarme qué ha cambiado? ¿Después de tener las agallas de preguntarme si eras mi primer amante del día? –ella sacudió la cabeza mientras le retiraba la mano del rostro–. ¿Me estás preguntando si he dejado la cama de un hombre para meterme en la de otro? A mi juicio, un hombre no puede caer más bajo.

Guido Barberi, alto, moreno, atractivo hombre de mundo, sofisticado y experimentado amante, poderoso magnate de las finanzas, sintió una oleada de calor que nada tenía que ver con el sexo. Y, por primera vez en sus treinta y cuatro años, se sonrojó ante el significado de las palabras.

¿De verdad le había hecho a Sara una pregunta tan descortés e insultante? Sí, lo había hecho y, durante un breve instante, se sintió avergonzado. Por primera vez. La miró a los ojos y luego contempló el hermoso rostro enmarcado por una ondulada melena de pelo castaño. El vestido blanco estaba de nuevo en su lugar y ella parecía casi virginal… aunque él sabía que no era así. Él le había robado la virginidad. Y ese era el problema, razonó con su mente analítica.

La pequeña bruja de ojos azules siempre había sabido atraparlo sexualmente. Él jamás había conocido una amante más ardiente, ni antes ni después de Sara.

Ella tenía la habilidad para excitarle instantáneamente. Algunas cosas nunca cambiaban y verla de nuevo había supuesto toda una conmoción. Verla besarse y flirtear con ese joven le había hecho reaccionar posesivamente. Y por eso la estúpida pregunta había surgido en el momento más inoportuno.

—Te pido disculpas si he mostrado falta de tacto –dijo él bruscamente–. Ha sido infantil, pero no tan desencaminado, dado que estabas besando a ese chico diez minutos antes que a mí.

—No has sido infantil en tu vida, Guido, y si esa es tu idea de una disculpa, olvídalo –tras lo cual, ella pasó junto a él y se dirigió hacia la popa.

Capítulo 3

SARA se paró en seco al sentirse agarrada por la cintura, y se volvió, dispuesta al combate. –
Ah, eres tú –suspiró aliviada al ver a Peter, y mientras se agarraba a su otro brazo para no tambalearse a causa de sus temblorosas piernas.

–Te estaba buscando…

–Tráeme esa bebida que me habías prometido –pidió ella sin aliento–. La necesito.

–Ya veo por qué –contestó él mientras miraba a su espalda–. Tu viejo amigo no parece muy contento –Peter sonrió preocupado mientras la escoltaba hacia el bar–. ¿Estás bien?

–Sí… ahora sí –dijo ella tras beber un trago de la bebida que él le había ofrecido–. Gracias.

–No hay de qué. Soy tu caballero andante, y tengo la horrible sospecha de que nunca seré más que eso. Sin ánimo de ofender, parece que acabas de ser besada como es debido… y, desgraciadamente, no por mí –dijo él amargamente–. Para curar mi corazón roto, quiero que seas sincera y me cuentes todo sobre tu relación con Barberi, y por qué ese hombre me acaba de mirar como si fuera a retarme en un duelo.

–Lo conocí hace años –Sara era consciente de deberle una explicación, aunque no tenía intención de contarle todos los detalles–, siendo yo una estudiante en la universidad. Salí con él unos cuantos meses y después cada uno siguió su camino.

–Déjame adivinar… Lo abandonaste. ¿Tengo razón? –tras comprobar que Sara asentía, prosiguió–. Eso explica la mirada asesina. Guido Barberi no es un hombre al que abandonan las mujeres. Siempre van tras él, y ha salido con unas cuantas bellezas.

–Ya lo supongo –dijo Sara con desprecio.

–No creo que tengas ni idea. Ese tipo es una leyenda en los círculos financieros. Su sede está en Italia, donde se rumorea que se divierte con una modelo. Hace poco abrió una oficina en Londres, y tiene otra en Nueva York, para vigilar sus intereses estadounidenses, y donde está su abogada y amante, Margot James. No sé nada sobre sus oficinas en Sudamérica y África, pero sé que hace unas semanas estaba en su oficina de Hong Kong, donde tiene como amante a la monada china, Mai Kim. Estuve allí por negocios y los vi juntos. De modo que me descubro ante ti, Sara. Tuviste suerte al escapar, eres demasiado especial para pertenecer a un harén.

–Peter –dijo ella con los azules ojos inundados de lágrimas mientras acariciaba la mejilla de Peter, emocionada porque, al fin, había encontrado un hombre decente–, eso es lo más bonito que me han dicho nunca.

–Oye, no te pongas a lloriquear. Vamos a probar esa maravillosa comida tuya –sugirió él mientras la escoltaba hacia el salón principal, donde Sara había dispuesto un bufé.

Guido salió instintivamente tras Sara, pero se paró en seco. ¡Maldita sea! ¿Qué estaba haciendo? ¿Perseguir a su exmujer? Ella había admitido descaradamente que se había divertido con su dinero, no tenía vergüenza y lo último que deseaba era tener algo que ver con ella otra vez. Después, vio aparecer a Wells, quien la rodeó por la cintura. Los dos hombres habían cruzado sus miradas y, rápidamente, la pareja se había marchado.

No podía culpar a ese tipo por aprovechar su oportunidad con Sara, aunque en esos momentos le apetecía estrangularlo. Guido estaba sorprendido por la profundidad de su pasión, y sus manos se aferraron a la barandilla con fuerza mientras intentaba controlar la furia que lo consumía.

Su cuerpo aún palpitaba de frustración, y necesitó de toda su fuerza de voluntad para recuperar su habitual frialdad y pensar con claridad.

Sara no había cambiado, aún estaba dispuesta a cualquier cosa por dinero. Lo había seducido con su cuerpo, sus gemidos y, tras pensárselo mejor, había decidido que no tenía muchas oportunidades de poder estafarlo de nuevo y que el joven Wells seguramente le sería más útil.

Pues buena suerte. No le importaba. Que ese idiota descubriera por sí mismo lo avariciosa que era. Guido se irguió y, tras encogerse de hombros, volvió con el grupo. En pocos segundos, estaba rodeado por tres mujeres muy dispuestas. Podía tener lo que quisiera...

Sara pertenecía al pasado, y allí se iba a quedar. Durante la media hora que siguió, se concentró en sus encantadoras acompañantes, antes de permitir que su anfitriona lo acompañara hasta el bufé, donde se sorprendió al ver a Sara rellenando las fuentes. ¿De qué se sorprendía? Era la cocinera y, ¿qué mejor manera de engatusar a un millonario que trabajando en un yate?

Más tarde, y de vuelta en cubierta, su mirada se desvió un par de veces hacia Sara, en brazos de Wells y, con su gran perspicacia, casi sintió pena del joven. Según parecía, el chico iba camino de hacer una gran fortuna, respaldado por su brillante carrera. Era una pena que mujeres como Sara pusieran sus garras sobre él.

Para cuando abandonó la fiesta, se había decidido. En interés de la solidaridad masculina, era su obligación avisar al joven Wells de las artimañas de Sara Beecham.

Lo que aún no sabía era cómo hacerlo, aunque la interesante conversación mantenida con Pat y Dave tras agradecerles la estupenda velada, le había dado una idea. Una idea que resultaría en una situación beneficiosa para él...

Evitaría que el joven cometiera un error, promocionaría su carrera y, al mismo tiempo, se lo quitaría de en medio. Con un poco de suerte, Sara estaría de vuelta en su cama hasta que él hubiese satisfecho su lujuria con ella, y después la abandonaría sin más.

Sara echó un vistazo a su alrededor. Los restos del bufé habían sido recogidos y el lugar estaba inmaculado.

—Ahí estás —Pat llegó en el momento en que ella se marchaba.

—Si has venido a ayudar, llegas tarde —dijo Sara secamente—. Ya he terminado.

—Ya lo veo —exclamó Pat con una sonrisa—. Nunca lo adivinarás.... Cuando le dije a Guido Barberi que nos marchamos mañana al mediodía, insistió en devolver mi hospitalidad con un desayuno en su yate. ¿No es estupendo?

—Si eso significa que no tengo que guisar, ni asistir al desayuno... pues sí que lo es.

Sin embargo, cuando Pat se marchó, ella no se sentía nada contenta. Cerró la puerta tras ella y se encaminó hacia su camarote, en la cubierta de la tripulación. Se duchó y se metió, desnuda, en la litera. ¡Qué nochecita! Soltó un gruñido y cerró los ojos con la esperanza de borrar cada instante de esa horrible fiesta, pero sin suerte. El reencuentro con Guido había despertado muchos recuerdos que ella había intentado olvidar con los años.

¿Quién había dicho aquello de tener cuidado con lo que se sueña porque puede convertirse en realidad? Quienquiera que fuese, tenía razón.

Nacida y criada en Londres por una madre que la amaba y un abuelo que la adoraba, había tenido una infancia feliz. Jamás había echado de menos un padre. Su madre, Anne, investigadora para la BBC, le había contado que el único hombre al que había amado murió en un accidente de moto un mes antes de la boda. Con el tiempo, ella deseó tener un hijo y a los treinta y cinco años, y animada por sus amigos, Lisa y Tom, que llevaban años casados, aunque sin hijos, los tres se habían embarcado en un tratamiento. Se fueron a Estados Unidos y, mientras Lisa y Tom se sometían a una fertilización in vitro, su madre probó con la inseminación artificial. Según le había explicado, en su caso había tenido éxito y Sara había sido el resultado. Desgraciadamente Lisa jamás quedó embarazada.

Con la inocencia infantil, Sara no había pensado nunca en su nacimiento. Durante los primeros años de su vida, los fines de semana y las vacaciones las pasaba en la casa de su abuelo en Southampton, junto al mar. Rodeada de su madre y su abuelo, y de Lisa y Tom, a los que ella consideraba sus tíos, se había convertido en una joven brillante y segura de sí misma. Su abuelo había muerto cuando ella tenía ocho años, y había supuesto una gran pérdida para ella y su madre, pero aún lo fue más la muerte de su madre cuando tenía once años.

Fue entonces cuando el peso de su inusual nacimiento cayó sobre ella. Lisa y Tom, a los que su madre había designado sus tutores por si algo le ocurría a ella, habían fallecido también en el mismo accidente de coche que su madre. Los tres habían ido al teatro y de vuelta a casa habían sido arrollados por un conductor borracho. Sara se encontró de golpe sin un amigo o pariente en el mundo. El piso que compartía con su madre había sido vendido por los abogados y, tras pagar todos los gastos, le había quedado un modesto legado, depositado en un banco hasta que cumpliera veintiún años, y fue dejada al cuidado de los servicios sociales.

El recuerdo de la institución en la que ingresó todavía le provocaba escalofríos. En el presente, los niños eran alojados en pequeños grupos en edificios modernos, pero, en su época, y debido a su edad, ella había ingresado en una fría casa victoriana junto con otros treinta niños. Las ventanas tenían barrotes para evitar fugas. Ingenuamente, cuando una niña mayor le había preguntado por sus padres, ella había contado la verdad y, de inmediato había sido acosada por los otros niños con frases como, «tu padre podría ser un asesino en serie», o con especulaciones como que podría terminar casándose con su hermano, sin saberlo.

Durante meses, había vivido apesadumbrada y asustada, sin apenas atreverse a dormir de noche y, lógicamente, perdió toda la confianza en sí misma. No empezó a recuperarse hasta que conoció a Lillian Brown. Durante los años que siguieron, vivió en varios hogares de acogida hasta que se marchó a la universidad, y Lillian Brown fue la única constante en su vida.

Mujer extraordinaria, a los veintinueve años, soltera y abogada internacional, esperaba convertirse en socio de su empresa. Había soñado con tener un marido e hijos, pero mientras tanto, se había unido al programa *Hermana mayor*, que tenía como objetivo ocuparse de un niño huérfano durante un fin de semana cada dos o tres semanas. Lillian había supuesto la salvación para Sara. Era una mujer brillante y culta que le había devuelto a la niña su confianza y autoestima, y la había animado a aplicarse en los estudios. Había sido su consuelo, su mentora y su amiga. Gracias a Lillian, Sara llegó a la universidad como una joven brillante y segura de sí misma.

Ella había adorado la vida universitaria y, cuando conoció a Guido Barberi, casi al final del primer curso, había pensado que la vida era perfecta. Por mala suerte, Lillian se encontraba en esos momentos en Australia, donde se ocupaba de un caso. De haber estado cerca, a lo mejor no hubiera cometido esa estupidez...

Sara se movió inquieta en la litera. Recordaba al detalle su primer encuentro con Guido...

Un extraño cosquilleo en la nuca la había obligado a volverse. Se había encontrado con un par de oscuros y sonrientes ojos que le habían hecho sonrojarse por completo. Él era mayor que los estudiantes con los que solía relacionarse, y el hombre más atractivo que ella hubiese visto jamás. En cuanto la habló y le pidió que bailara con él, ella estuvo a su merced.

Él la tomó en sus brazos y sus brillantes ojos negros sonrieron, y ella se había enamorado profunda y desesperadamente al instante. Si se lo hubiera pedido, le habría seguido hasta el fin del mundo. Cuando la llevó a su casa y la besó, ella sintió como si cada átomo de su cuerpo fuera a estallar y, por primera vez en su vida, experimentó la abrumadora fuerza de la pasión. Él la invitó a cenar a la noche siguiente y ella, por supuesto, había aceptado. Siete días más tarde, ella entró en su apartamento, y en su cama. Jamás se le habría ocurrido rechazarlo. Guido había sido el amor de su vida.

«¡Menuda imbécil!», pensó Sara mientras daba vueltas en la litera. No quería pensar en la tierna y suave pasión con que la inició en el sexo. Ni en la salvaje y apasionada criatura en la que, rápidamente, se había convertido en sus brazos a medida que él le enseñaba de cuántas maneras se podía hacer el amor.

No. Ella enterró el rostro en la almohada, con el cuerpo ardiente por las sensaciones largamente reprimidas. El mejor sexo del mundo no podía compensar la pérdida de la propia identidad, y eso era lo que casi le había sucedido a ella.

Al principio, tras descubrir que estaba embarazada, había sentido miedo, pero Guido la había tranquilizado, e insistido en casarse con ella, algo que Sara interpretó como una prueba de amor, aunque él jamás pronunció esa palabra. Ella había vivido en una burbuja de amor. Su reflexión al conocer el origen de Sara fue, «Tu madre debió ser una mujer muy valiente y con una gran capacidad para amar, como tú», y luego la había besado. Ella estaba convencida de que era su alma gemela. Le había contado todo sobre su vida, y pensaba que él había hecho lo mismo. Supo que sus padres vivían en Nápoles con el hermano pequeño, Aldo, y que su padre dirigía una empresa de camiones.

También supo que Guido había trabajado un par de años para su padre tras acabar la universidad y antes de llegar a Londres, y que no tenía muchas ganas de volver a trabajar a tiempo completo para la empresa familiar. Quería montar su propio negocio, pero se trataba de una familia muy unida y él los amaba. Era justo la clase de familia con la que Sara había soñado durante sus años de orfanato, y la clase de familia que quería formar con Guido y su hijo.

Cuando Guido fue reclamado en Nápoles, ella no se preocupó, feliz de seguirle adonde fuera. Su padre estaba enfermo y era normal que quisiera a su hijo mayor de vuelta para ayudarle con el negocio. Pero, al instalarse con la familia, la burbuja empezó a desinflarse y luego estalló.

La madre era una mujer amable, pero no hablaba inglés, y Sara apenas italiano, por lo que sus conversaciones eran muy limitadas. Aun así, a Sara le parecía bastante agradable. Pero el padre había resultado ser todo lo contrario. Se trataba de un hombre alto y corpulento, y obviamente el señor de la casa, y le había dejado muy claro a Sara que no le gustaba que su hijo mayor se hubiera casado sin su conocimiento. Había achacado a ese hecho el origen de su enfermedad, un leve ataque al corazón, y simplemente la toleraba porque estaba embarazada y produciría la siguiente generación de Barberi. Cuando Guido le habló sobre el origen de Sara y la ausencia de parientes, los comentarios del padre habían reabierto las heridas del orfanato.

Pero lo que terminó por destruir la fe ciega que Sara había tenido en Guido fue la presencia en la casa de la tía Anna, la hermanastra del padre, que había enviudado años antes, y de su hija, Caterina, a quienes Guido nunca había mencionado. Y al final terminó por destruir su fe en el amor. La alegre y joven embarazada que había llegado recién casada a Nápoles había vuelto a Inglaterra diez semanas después con el corazón roto, aterrorizada y amargamente desilusionada.

De nuevo, Lillian Brown había sido su salvación. A su vuelta a Londres, sin un hogar donde vivir, fue Lillian quien la acogió, y quien tomó el mando para arreglar el divorcio. Había intentado convencer a Sara para que exigiera un acuerdo, pero ella solo quería terminar con todo cuanto antes.

Una sonrisa triste y amarga curvó los labios de Sara. Su breve estancia en Nápoles como esposa de Guido había sido un infierno, pero había aprendido la lección: jamás volvería a permitir que las circunstancias de su nacimiento la avergonzaran. Si la familia Barberi era el típico ejemplo de familia normal, entonces se alegraba enormemente de que su madre hubiese optado por un donante de esperma.

A causa de sus perversiones, engaños y mentiras descaradas, por no mencionar las amenazas e intimidaciones, la familia Barberi podría haber rivalizado con los Borgia.

Sara abrió lentamente los ojos, bostezó y se estiró mientras los primeros rayos del sol entraban por el pequeño ojo de buey. No había dormido bien. Sus sueños, o mejor dicho, pesadillas, habían estado protagonizados por un hombre alto y oscuro que la atrapaba en sus brazos y la poseía con una pasión de la que no podía escapar por mucho que lo intentara.

Con un suspiro, se levantó de la litera. El calor en el camarote era sofocante y, peor aún, el calor de las pesadillas seguía pegado a su cuerpo.

Se dirigió hacia la pequeña ducha y dejó que el agua fría refrescara su cuerpo mientras ella reflexionaba sobre la idea de volver a ver a Guido. Cuando terminó de lavarse el pelo y salió de la ducha, volvía a ser ella misma de nuevo.

Había sido una coincidencia, pero no un desastre. No tenía ni idea de por qué había permitido a Guido besarla y tocarla así la noche anterior, seguramente una locura transitoria. Desde luego, ella ya no lo amaba, hacía años que no lo amaba. Lo que sentía por ese arrogante y mujeriego tipo que se creía un regalo para las mujeres era desprecio.

Cinco minutos después, vestida con pantalones cortos blancos y una camiseta azul, se dirigió a la cocina. Encendió la cafetera y se dirigió a cubierta. Era su momento preferido del día, antes de que los demás se levantaran, y miró a su alrededor. La ciudad, vacía de turistas era muy pintoresca, y se le ocurrió darse un paseo por ella. Pero, tras percibir un movimiento en el yate vecino, cambió de idea.

Volvió a la cocina mientras daba gracias a Dios porque aquella noche volvía a casa. Treinta minutos, y dos tazas de café, después, aparecieron el mozo de cabina y tres tripulantes. Con su escaso francés, supo que los hombres tampoco tenían intención de acudir al yate de Guido, ni siquiera se les ocurrió que hubieran sido invitados, y ella empezó a preparar el desayuno.

Durante la media hora que siguió, Sara sirvió café a un buen número de somnolientas personas y, a pesar de la insistencia de Pat y Dave, se negó a acompañarles, junto a los invitados, para desayunar a bordo del Il Leonesa.

Sara suspiró aliviada al verlos marchar y, tras limpiar la cocina, volvió al camarote para recoger sus pertenencias, con la excepción de un traje de lino y una blusa que se pondría para el vuelo a Londres. Se recogió el pelo en una coleta y buscó su bolso. Le vendría bien pasar una hora en la ciudad, y hacer algunas compras.

Compró un par de zapatos y una postal para enviar a Lillian, no Brown sino McRae, quien vivía en Australia con su marido y dos niños. Volver a ver a Guido había hecho que Sara se acordara de cuando Lillian le había aconsejado durante interminables conferencias que no se precipitara con una boda. Ojalá la hubiese escuchado. Se paró para tomar un café y escribir la postal, la cual envió de camino al puerto donde una larga playa arenosa se extendía a lo largo de la enorme bahía.

Sara se quitó las sandalias y chapoteó en la orilla, sintiéndose relajada por primera vez desde su reencuentro con Guido. Los hoteles y cafeterías empezaban a abrir, y los turistas llegaban a la playa. Un hombre, que cargaba con todos los objetos, aparentemente necesarios, para hacer feliz la estancia de su mujer y tres hijos, arrancó una sonrisa de Sara. Llevaba una silla plegable y una enorme bolsa de playa, pero lo que más problemas le daba era un cocodrilo inflable que parecía tener vida propia.

El hombre percibió su sonrisa y se echó a reír. Y ella no pudo evitar pensar en la buena suerte de su esposa…

Consultó su reloj y comprobó que eran las once, hora de volver, ya que zarpaban a las doce. Hizo una pausa y, con las sandalias en la mano, echó un vistazo al mar. Dejó que las olas mojaran sus pies por última vez y se dispuso a volver.

—Buenos días, Sara.

Sara se quedó sin aire. Frente a ella estaba Guido, alto, moreno y muy atractivo, con una enorme sonrisa en los labios.

—Permíteme —dijo él mientras alargaba la mano hacia la bolsa con las compras de Sara.

—No, no te molestes —pero ya era demasiado tarde.

—Tonterías, es lo menos que puedo hacer por mi exmujer —él rio mientras su mirada lasciva se deslizaba por el cuerpo de ella, haciendo una breve pausa a la altura de los pechos, claramente marcados bajo la camiseta de suave algodón, antes de volver a posarse en su rostro—. Aunque me gustaría hacer mucho más. Con ese peinado y esos pantalones cortos, pareces tan joven y preciosa como el día que nos conocimos, incluso más.

—Ahorra tus cumplidos para alguien que los aprecie —espetó Sara, incapaz de evitar el fuego que se encendía en su estómago ni el rubor que inundaba sus mejillas.

–Increíble… todavía eres capaz de sonrojarte.

–No me he sonrojado. Estoy furiosa –mintió ella a medias–. Después de lo de anoche, esperaba no volverte a ver nunca más. ¿Qué haces aquí? ¿No deberías estar entreteniendo a tus invitados?

Sara luchó por conservar la calma, pero con la imponente presencia de Guido a su lado, vestido con pantalones cortos y una camisa con el cuello desabrochado, había demasiadas distracciones para la vista. No podía evitar contemplar su torso, ni seguir el vello rizado y oscuro que rodeaba a los pezones y proseguía hacia la cinturilla del pantalón. ¿Por qué los llevaba tan caídos?

–Qué detalle que te preocupes por mis modales –se burló él–, pero el desayuno ha terminado y, mientras mi tripulación enseña el yate a los invitados, y animado por tu capitán, he venido a buscarte. Dave está preocupado por si te pierdes y no llegas a tiempo –con un brazo le rodeó los hombros–. Le aseguré que te encontraría y te acompañaría de vuelta al puerto. Un tipo muy majo ese Dave, y muy comunicativo.

Ella lo miró de reojo. ¿Qué le habría contado Dave? Ella intentó soltarse de su agarre, pero él la sujetó con más fuerza y, como no quería montar una escena en la playa, apretó los dientes y permitió que la sujetara.

–No te preocupes tanto. Venga. Tenemos tiempo de tomar un café y charlar un poco.

El peso del brazo sobre sus hombros, y el calor del corpulento cuerpo pegado a ella, hizo que estallaran todos sus nervios.

–Un momento –Sara se paró en seco–. No quiero café, y no necesito que me acompañes a ningún sitio – y desde luego no le apetecía charlar con él ni reabrir viejas heridas.

–Puede que no necesites que te acompañe, pero,

después de lo de anoche, no puedes fingir que no me deseas –con la mano que sujetaba la bolsa, él la rodeó por la cintura y la atrajo hacia sí para besarla, a plena luz del día, y en una playa pública, delante de parejas con sus hijos. Y ella no quería montar una escena… Guido se bastaba él solo.

Sorprendida por su audacia, y con las sandalias en la mano, debería haberse sentido avergonzada, pero en cuanto los labios de él tocaron los suyos, el pulso se le aceleró, la temperatura se le disparó y ella se rindió, emitiendo un gruñido de fastidio cuando él interrumpió el beso para mirarla a los ojos.

–¿Empezamos de nuevo?

Por un segundo, Sara pensó que se refería a su relación, y el temor y la excitación lucharon por dominar su mente, hasta que él la soltó y dio un paso atrás.

–Buenos días, Sara –él sonrió e hizo una pequeña reverencia–. Encantado de verte de nuevo –la burlona sonrisa se reflejaba en su mirada y, por un instante, volvió a parecerse al joven y sexy hombre con quien se había casado–. ¿Podré convencerte para que tomes una taza de café conmigo, por los viejos tiempos, antes de que te marches? Por favor.

–Si lo dices así –fue el «por favor», lo que la convenció–, ¿cómo podría resistirme? –Sara cedió. A fin de cuentas, ¿qué daño podía hacer tomar una taza de café para despedirse de ese hombre? En una hora, se marcharía y jamás volvería a verlo. Había sido una increíble coincidencia lo que les había reunido después de una década, y era casi imposible que sus caminos se volvieran a cruzar.

Capítulo 4

S ENTADA en una terraza de la playa, bajo un pa-
rasol de paja, Sara sonrió al ver cómo, simplemente con arquear una ceja, todo el mundo bai-
laba al son de Guido y, unos cuantos años antes, ella
no había sido ninguna excepción.

Una mirada de sus increíblemente negros ojos bastaba para que ella se rindiera a sus pies.

–Estás muy pensativa –observó Guido mientras les
servían el café–. ¿Te da pena marcharte?

–No –contestó ella fríamente mientras lo miraba
por encima del borde de la taza–. Me alegraré de volver a casa y al trabajo –añadió sin pensar.

–Claro, el trabajo –los ojos de él brillaron–. Dave
me contó tu secreto esta mañana. En realidad mantuvimos toda una charla, y yo le puse en antecedentes
sobre nosotros.

–¿Que hiciste qué? –la taza cayó con estruendo sobre el plato, derramando el café.

–Sara… pareces un poco alterada –la mirada de
Guido era burlona–. ¿Me pregunto por qué? Pat y tú
sois amigas desde hace más de seis años. Fuiste dama
de honor en su boda, y no eres cocinera, sino contable
y, por pura generosidad, interrumpiste tus vacaciones
y accediste a ayudarles toda esta semana. Yo supuse
que les habrías hablado sobre tu matrimonio.

–¿Se lo contaste a Dave? –preguntó ella muy lentamente.

–Sí –él se encogió de hombros–. Dave se sorprendió, pero no tanto como Pat. Ella no sabía que habías estado casada. ¡Madre mía! Menudo secreto para ocultárselo a tus amigos.

–¡Oh, no! –gritó Sara, desolada. Ya se imaginaba la lata que le iba a dar Pat.

–Aunque, dado tu comportamiento, a lo mejor fue la vergüenza lo que te mantuvo callada –Guido esbozó una desagradable sonrisa–. A fin de cuentas, si tus mejores amigos supieran la avariciosa arpía que eres, dudo mucho que te confiaran sus finanzas.

–Confiar –balbuceó ella. El significado de sus palabras estalló en forma de ira y Sara lanzó el puño, pero, antes de poder impactar en Guido, su muñeca quedó aprisionada por la fuerza de unos crueles dedos.

–Anoche te lo permití, pero no tengo intención de dejar que lo repitas –amenazó él–. Y si te estás preguntando qué hacer, tengo una sugerencia: intenta calmarte y escúchame.

–Nada de lo que digas puede interesarme lo más mínimo –espetó ella con los ojos húmedos de dolor y rabia–. Y suelta mi muñeca. Me haces daño.

–Tú no sabes lo que es dolor –rugió él mirándola a los ojos y, por un instante, un atisbo de amargura apareció en su mirada–. Tu preciosa fachada femenina esconde una mujer dura y taimada a la que nada puede lastimar. Se supone que deberías haberte alterado por la pérdida de tu bebé, pero en cuestión de horas estabas lanzando alocadas acusaciones a diestro y siniestro. Pensamos que estabas aturdida por el accidente, y te procuramos la mejor ayuda médica que el dinero podía pagar. Pero, en cuanto te repusiste, aprovechaste la primera oportunidad para volver corriendo a Londres con un cuarto de millón de libras en tu bolsillo. Así es que no me hagas reír con tus lágrimas de cocodrilo –dicho lo cual, le soltó la muñeca.

–¿Cómo te atreves a decirme esas cosas? ¡Bastardo! –la mención del bebé clamaba venganza–. No eres más que un lastimero simulacro de hombre. Me pones enferma.

–Y yo que pensaba que era por culpa de tu embarazo –se burló él.

–Muy divertido. Malditamente gracioso –rugió ella. Sabía bien a qué se refería. Ella no había sufrido náuseas matutinas al comienzo del embarazo, pero en cuanto se instalaron en Italia, empezó a sentirse enferma por la mañana y la noche. Y en sus horas más oscuras, tras perder el bebé, se había preguntado si no sería la odiosa prima Caterina la responsable de eso también. Pero, lo único que había preocupado a Guido había sido la interrupción de su vida sexual.

En cuanto a la confianza, la suya había brillado por su ausencia en lo que a ella respectaba, y la inmensa injusticia hizo que la ira y el resentimiento que había albergado durante años, por fin saliera a la luz. Ella le dijo exactamente lo que sentía.

–Yo tenía dieciocho años, tú eras mi esposo, y fui lo bastante estúpida para pensar que podía confiar en ti, y en tu lealtad y apoyo. En cambio, me dejaste sola en ese mausoleo de vivienda. Y tu horrible familia convirtió mi vida en un infierno. Tu maravillosa prima Caterina me dijo que ella era tu verdadero amor, y ella y su madre no paraban de decirme que te habías casado conmigo por el embarazo. Tu padre hizo lo mismo, peor aún, me trató como si fuera basura, sobre todo desde que descubrió, tal y como decía él, que yo no tenía «genes conocidos».

–Yo estaba allí, Sara –Guido entornó los oscuros ojos sobre el enfurecido rostro de ella–, y mi familia no te ofreció más que respeto y amistad. Tus patrañas caen en saco roto. Sé bien lo mentirosa que eres.

–No me conoces en absoluto –contestó ella. Sara estaba fuera de sí, y los aires de superioridad de él la enfurecían aún más–. Y tú jamás estabas allí. Estabas en viaje de negocios en Roma o París, o algún otro sitio, o trabajabas dieciséis horas al día en el despacho de Nápoles. Solo te veía en la cama, y cuando intentaba hablar contigo, tenías otras cosas en mente –lo recriminó ella–. E incluso cuando estábamos en la cama, la venerada Caterina aparecía siempre. Al parecer, estaba acostumbrada a entrar en tu dormitorio. La mujer estaba enferma de amor por ti, y tú la alentabas a seguir. Y, cuando perdí el bebé, apareciste ocho horas después, con la excusa de que habías tenido que acortar una reunión en Ginebra, y me diste una palmadita en la cabeza, diciéndome que no me preocupara, que era joven y que ya vendrían más niños. No escuchaste ni una palabra de lo que te dije sobre el accidente que provocó el aborto. Y me importa un bledo lo que penséis tú y tu familia. Sé lo que pasó, y Aldo también tiene una idea bastante aproximada.

–¡Basta! Has ido demasiado lejos –rugió Guido–. Caterina está muerta, se mató en un accidente de coche.

–Justicia poética –murmuró Sara, incapaz de contenerse.

Afortunadamente, Guido estaba demasiado furioso para oírla.

–Y en cuanto a Aldo, no te permitiré que incluyas a un crío, como era entonces, en tus delirios.

–No me sorprende –le espetó Sara con sarcasmo–. Tendría, ¿unos quince años? Era capaz de expresar su opinión. Aunque ni siquiera se molestó. Seguramente sabía que un cerdo endiosado y arrogante como tú jamás admitiría que su opinión no fuera perfecta –ella se sentía enferma.

Sabía que Caterina la había empujado por las escaleras de la playa. Lo sabía y, después del aborto, se lo había dicho a Guido y le había pedido que llamara a la policía. Tanto él como sus padres se habían negado, insistiendo en que estaba aturdida por la caída. Cuando ella expuso sus argumentos, apareció el jardinero en el hospital para jurar que había estado con Caterina todo el rato, en el jardín delantero. Después de que Caterina entrara en la casa, él había descubierto a Sara, inconsciente en la playa, tras encaminarse a la parte trasera de la casa donde se situaba la piscina y tres terrazas que daban a la playa.

Todos, incluido el médico, decidieron que estaba aturdida por haber pasado más de una hora inconsciente, romperse un brazo, y perder el bebé, lo que le había sumido en una depresión.

Sara suspiró y apuró el café. ¿Qué sentido tenía remover el pasado? Al parecer Caterina estaba muerta, y ella no iba a fingir que lo sentía. Únicamente el joven Aldo había estado dispuesto a creerla, pero con quince años, nadie había escuchado su opinión. Sara se puso en pie.

—Espera —Guido se levantó de un salto y la sujetó por el hombro. La miró directamente a los azules ojos y vio el resentimiento, la ira y algo más… una resignación que jamás había visto allí—. Aún no he terminado contigo —Guido no se podía creer que ella tuviera el valor de insistir en su ridícula historia, ni que se atreviera a involucrar a su hermano. Pero, por primera vez, sintió un atisbo de duda. Sara tenía razón en una cosa. A los pocos días de hacerse cargo del negocio, había descubierto que su padre había causado muchas pérdidas. Había tenido que trabajar muchas horas, y viajar mucho, para arreglarlo. Nunca pensó en qué haría su joven esposa, sola con su familia.

—Tú y yo terminamos hace una década —dijo Sara fríamente.

–El matrimonio sí –admitió Guido–, pero quiero hacerte una proposición diferente.

Él quería a Sara de vuelta en su cama, y lo deseaba con un ansia y una necesidad que no había sentido en años.

–Ambos somos mucho mayores y ya no nos hacemos ilusiones sobre el amor, el matrimonio y la felicidad eterna, Sara –sugirió Guido con dulzura.

–En eso tienes razón –dijo ella mientras le dedicaba una mirada heladora.

Guido había acabado con su sueño de tener un hogar, y algo parecido a una familia normal, con la brutalidad de un verdugo ante la guillotina. Había destruido su capacidad para volver a confiar en un hombre. Después de separarse, había vivido un duelo, aunque peor, porque no solo había perdido a un ser amado, sino que se había tenido que enfrentar al hecho de que el atento y apasionado hombre de quien creía haberse enamorado no había existido nunca.

Se había jurado que, mientras viviera, ningún otro hombre iba a controlarla. Ella sería siempre dueña de su destino, y había mantenido su juramento. Después de tres años trabajando en una empresa contable multinacional en Londres, ese juramento la había llevado a dar el salto y aceptar la oferta de Sam Thompson para asociarse con él, convirtiéndose así en su propia jefa.

–Estupendo. Entonces nada nos impide convertirnos de nuevo en amantes, *cara mia*.

En aquella ocasión, Sara no se dejó engañar por el tono almibarado, porque sabía que no significaba nada. Con frialdad, lo miró a los ojos, pero, inexplicablemente, el corazón le dio un brinco ante el ardor de la negra profundidad.

–Una aventura entre adultos, sin ataduras, durante

un tiempo, hasta que este inesperado resurgir de la pasión entre nosotros se haya calmado –continuó él mientras le acariciaba la nuca. Su brazo se deslizó alrededor de la cintura para atraerla más hacia sí–. La última vez te marchaste demasiado pronto, cariño. No me había saciado de ti.

La mirada de Sara se fijó en la boca donde la cruda carnalidad de su expresión le confirmó que hablaba en serio. Él la deseaba con una terrorífica intensidad que no se molestaba en disimular y, para su vergüenza, ella se sentía tentada. Notaba los pezones erectos que presionaban provocativamente contra el torso de él, y no podía evitar el brusco aceleramiento del pulso.

–Si te hubieras quedado un poco más, Sara, podrías haber conseguido muchísimo más dinero.

La mención del dinero tuvo un efecto instantáneamente refrigerante sobre el traicionero cuerpo de Sara. El muy cerdo tenía las agallas de admitir que habría pagado más para deshacerse de ella si no se hubiese marchado a la primera. Y en esos momentos tenía el atrevimiento de sugerir que la quería de vuelta en su cama «durante un tiempo». Sin ataduras.

¿Qué había dicho Peter? Que ella era demasiado buena para formar parte del harén de Guido. Pues, a lo mejor se equivocaba. Tras años de celibato, quizás había llegado el momento de darle un respiro al cuerpo y aceptar lo que le ofrecía. Utilizaría a Guido del mismo modo que él quería utilizarla a ella. Estaba harta de ser la víctima, la mujer célibe, temerosa de permitir la entrada de un hombre en su vida por si pretendía tomar el control. De hecho, Guido era el único hombre con quien podría acostarse sin temor. No confiaba en él, no quería de él nada más que su cuerpo y él había dejado claro que eso mismo era lo único que deseaba de ella. De ella y de un puñado más de mujeres repartidas estratégicamente por el mundo. Era un canalla del amor, con una mujer en cada puerto.

No… de inmediato percibió la locura de sus pensamientos. Nunca podría volver a ser su amante, tenía demasiado orgullo para convertirse en un miembro de su harén. Pero nada le impedía fingir. Ese arrogante bastardo iba a descubrir que ya no era la ingenua adolescente del pasado, sino una mujer adulta sexualmente experimentada y triunfadora en su profesión. Recordó un artículo que había leído en una revista de su secretaria…

—¿Quieres decir que me deseas como «compañera de cama»? —preguntó ella en tono casual.

—Yo no describiría exactamente de ese modo la clase de relación que tengo pensada, Sara —un destello de sorpresa apareció en los ojos de Guido durante un instante.

—Tengo entendido que en Estados Unidos el término es «amigos con derecho a roce» —dijo ella con frialdad mientras apoyaba una mano contra el pecho de él. De inmediato, lo lamentó, al sentir el cosquilleo en la palma ante el contacto con su bronceada piel.

—Sara, me escandalizas —él abrió la boca incrédulo y luego sonrió maliciosamente. Y, por un instante, volvió a ser ese joven del que ella se había enamorado—. No pensé que conocieras esos términos. Pero acepto —añadió antes de besarla.

—Te estás tomando demasiadas libertades —estalló ella en cuanto recuperó el aliento tras el efecto devastador del beso—. No me estoy ofreciendo.

—Sí lo estás. Se trata simplemente de decidir el lugar y el momento. A mí me parece bien ahora mismo. Puedes recoger tu equipaje y reunirte conmigo en mi yate.

—No, maldita sea, no puedo —exclamó Sara—. Tengo un trabajo que terminar: preparar la comida para los invitados. Después, vuelo de regreso a Inglaterra en cuanto lleguemos a Ibiza. Adoro mi carrera y tengo que ganarme la vida. El mundo no se detiene porque tú lo

digas, cerdo arrogante –ella se soltó de su abrazo y añadió–. Y abróchate la camisa, pareces un chulo de playa.

Dicho lo cual, recogió sus cosas y se dirigió a la
playa.

–De acuerdo, a lo mejor me he precipitado un poco
–admitió Guido tras alcanzarla–. ¿Cuándo podemos
vernos, «compañera de cama»?

Se burlaba de ella, y ella tenía ganas de arrojarle
algo a la cabeza, de liberar toda la histeria que se acu-
mulaba en su interior.

–Yo no te he pedido que seas… lo que sea –dijo
ella secamente mientras se preguntaba cómo demonios se había metido en esa ridícula conversación.

–Puede que directamente no, pero sabes que lo deseas, y yo tengo una agenda muy ocupada, de modo
que estudiemos las posibles fechas. ¿Qué te parece si
cancelas tu vuelo y nos reunimos esta noche en Ibiza?
Tendrás mi avión a tu disposición para llevarte de
vuelta a Inglaterra mañana por la mañana.

Un avión privado… eso lo decía todo. Ella estaba
a años luz de su clase. Pero estaba decidida a mantener la apariencia de una mujer sofisticada.

–Lo siento, pero no –dijo con dulzura–. En estos
momentos no tomo la píldora y, visto lo visto, no estaría tranquila sin nada más que un preservativo entre
los dos –ella rio–. Ambos sabemos que podría resultar
desastroso.

–Tienes razón, por supuesto –él deslizó una mano
por la cintura de ella mientras se acercaban a los ya-
tes–. Este fin de semana no. Y yo tengo que volver a
Italia el lunes. Aldo dirige la oficina italiana, pero se
acaba de casar y estará un mes de luna de miel.

–¿Aldo se ha casado? –preguntó Sara, olvidando
por un momento su ira contra Guido.

–Sí, hace tres días… el muy imbécil. Intenté advertirle. Es demasiado joven, pero me ignoró.

–¿Se ha casado con Marta? –Sara lo miró con una expresión de cálido recuerdo.

–Sí –Guido entornó los ojos y frunció el ceño–. Pero, ¿cómo sabías tú eso?

–Aldo me la presentó. Fueron las dos únicas personas que me trataron amablemente mientras estuve en Italia, seguramente porque yo era más de su edad que cualquiera de los demás –dijo ella sin tapujos–. Felicítales cuando les veas. Forman una pareja encantadora.

–De acuerdo –asintió Guido. Aunque se sentía sorprendido y ligeramente incómodo por su revelación, no era un tema que quisiera tratar. El tiempo se acababa y tenía otra necesidad más urgente–. Pero, volvamos a lo nuestro –dijo mientras se paraba junto a la pasarela–. Comprendo lo de la píldora –añadió en un tono profesional, como si estuviera en una reunión de trabajo–. Tú te encargarás de eso, y te volveré a ver dentro de un mes.

–¿Cómo? –Sara abrió la boca para protestar, y Guido aprovechó la circunstancia para besarla, hambrienta y apasionadamente, apagando las protestas de ella. De golpe, la soltó, y ella se tambaleó contra su cuerpo.

–¿Sigues tan ansiosa por caer en mis brazos como siempre? –la miró maliciosamente–. Pero no tenemos tiempo y, además, hay público –él rio–. No lo olvides, tú cumple con tu parte y yo me reuniré contigo en Londres dentro de cuatro semanas.

–Yo no… –Sara estaba escandalizada por la autosuficiencia de ese hombre y tardó varios segundos en poder articular palabra.

–Vamos, Sara –la voz de Dave interrumpió sus protestas–. Estamos a punto de zarpar.

Los dos hombres se estrecharon la mano como viejos amigos y Sara subió por la pasarela, acompañada por Dave. Al darse la vuelta vio a Guido, con una amplia sonrisa en su atractivo rostro, que levantaba una mano con cuatro dedos extendidos, antes de encaminarse a su yate.

—Si vuelves a limpiar ese banco, me desmayaré. Por el amor de Dios, Sara, la cocina está inmaculada. Ha llegado el momento de sentarse y hablar —dijo Pat, sentada en otro banco—. Como tu mejor amiga, me lo debes. No puedo creerme que jamás hayas mencionado que habías estado casada. Y, peor aún, no puedo creerme que fueras lo bastante estúpida como para dejar marchar a ese maravilloso pedazo de hombre, un millonario. ¿Te volviste loca? —ella rio.

—No exactamente —Sara suspiró y arrojó la bayeta a la basura antes de sentarse junto a Pat—. Y en realidad no hay mucho que contar. Conocí a Guido en mi primer año de universidad. Salimos juntos. Nos acostamos. Me quedé embarazada. Nos casamos y, cuando sufrí un aborto, nos divorciamos. Todo fue un error desde el principio. ¿Satisfecha?

—Pobrecita —murmuró Pat mientras se acariciaba la barriga—. No puedo imaginarme el perder a mi bebé. Debió ser horrible para ti, Sara. Pero, ¿por qué no me lo contaste nunca?

—No tenía mucho sentido. Cuando te convertiste en mi compañera de piso tres años después, ya había sacado todo el tema de mi cabeza. Fue por pura mala suerte que me tropezara ayer con Guido —Sara se levantó del banco—. Con un poco de suerte, no lo volveré a ver en la vida.

—Es una pena que pienses así —dijo Pat con indecisión—, porque a Dave y a mí nos ha gustado. De hecho, Guido nos ha propuesto alquilar el barco durante doce meses en cuanto terminemos con los compromisos actuales, y a un precio muy generoso.

–¿Guido? ¿Alquilar esto? –exclamó Sara mientras señalaba la cocina–. ¿Para qué demonios? Él ya tiene un flamante e impresionante yate propio.

–Al parecer piensa que sería ideal para las obras benéficas que apoya en Italia para los niños desfavorecidos. Servirá para enseñarles a navegar y, al mismo tiempo, favorecer su autoestima.

–¡Debes estar de broma! Guido Barberi no tiene un solo hueso caritativo en su cuerpo. Es la persona más arrogante y pagada de sí misma que he conocido en mi vida –pero Sara sabía que Pat no bromeaba–. Supongo que será alguna astucia relacionada con Hacienda.

Sara no podía imaginarse a Guido perdiendo el tiempo con niños. No se había disgustado lo más mínimo cuando ella sufrió el aborto. Es más, había parecido aliviado. Ni siquiera se había molestado en decirle que se largara, se marchó a Estados Unidos y le dejó el trabajo sucio a su padre.

–Astucia o no –dijo Pat mientras se ponía de pie–, con mi embarazo, la oferta no podía llegar en mejor momento. El dinero nos salvará la vida a Dave y a mí.

–Perdona –Sara abrazó a su amiga–. No me hagas caso. Por supuesto que es una gran idea, y me alegro mucho por los dos. Os quitará un peso de encima y ya no tendréis prisa por abandonar Inglaterra en cuanto nazca el bebé –dijo ella mientras se obligaba a sonreír.

–Ninguna prisa.

Durante los diez minutos que siguieron, Sara escuchó la animada charla de Pat sobre lo adecuado de diversas zonas de Londres, y las mejores maternidades, y dónde alquilar una casa.

Capítulo 5

TRES noches después, Sara paseaba por el salón de su piso. Creía que volver al trabajo eliminaría la inquietud que sentía tras el crucero, y Sam la había recibido con los brazos abiertos.

–Gracias a Dios que has vuelto. Ya me había olvidado lo duro que era trabajar dos semanas seguidas. Tienes una cita en diez minutos con Fred, de Dog and Duck –tras lo cual, Sam se marchó a jugar al golf.

Desde ese momento, Sara no había parado. Al volver a su casa, se había cambiado, había comido, limpiado y en esos momentos deambulaba como una idiota de un lado a otro.

El sonido del teléfono fue todo un alivio. Sara lo tomó de la mesa de café y se sentó en el sofá.

–Hola, soy Sara.

–Te habla tu caballero andante.

Ella se echó a reír y, durante los cinco minutos que siguieron, charló con Peter Wells y, finalmente quedó con él para cenar el viernes por la noche.

Tras apagar el móvil, se puso en pie, sintiéndose mucho mejor. Era una agradable noche de verano y le vendría bien un paseo a orillas del río. Recogió el móvil y el bolso y se dirigió a la puerta. No había dado más de dos pasos cuando el teléfono volvió a sonar.

–¿Y ahora qué sucede, Peter? –rio ella, asumiendo que se trataba de él.

–Peter no, Guido, tu exmarido, ¿recuerdas? –se burló una voz profunda.

–Me esfuerzo por olvidar y, ¿cómo has conseguido mi número? –preguntó Sara.

–Pat fue muy amable, y estuvo segura de que no te importaría en cuanto le dije que teníamos una cita. ¿Ya has ido al médico?

–Una cita. Un médico… ¿de qué demonios hablas? No… no te molestes en contestar, y no me vuelvas a llamar –dijo ella furiosa.

–De acuerdo, pero no olvides que faltan veintiséis días –dijo él mientras se echaba a reír.

–Eres un… un… –balbuceó Sara–. Vete al infierno –añadió antes de colgar.

El buen humor que había sentido se había desvanecido ante el sonido de la voz de Guido. En cuanto a Pat, la mataría en cuanto la viera. Salió del apartamento y cerró la puerta de un portazo.

Sin embargo, no era tan sencillo cerrar de un portazo los pensamientos, o el alocado pulso. Sabía que Guido podría estar bromeando, para divertirse a su costa, pero, ¿por qué después de tanto tiempo? Y, ¿por qué le preocupaba tanto? No volvería a verlo jamás. Así de sencillo.

Caminó por la orilla del río hasta llegar a la réplica del barco Cutty Sark. Sentada en un banco, contempló el río. La vida seguía adelante. La puesta de sol se reflejaba sobre las aguas, como desde hacía miles de años. Miró hacia el barco y pensó en los cientos de hombres que habrían navegado en la nave original hacía siglos, transportando té y especias desde el Lejano Oriente.

¿De verdad se sentía a gusto reprimiendo su sensualidad desde hacía años? Antes le resultaba sencillo, pero los sucesos de la semana anterior habían despertado su deseo. El beso de Peter había iniciado el proceso, y la presencia de Guido lo había acelerado.

¿Se trataba de Peter? Una semana en su divertida compañía y, por primera vez en años se había permitido relajarse junto a un hombre. Después había llegado el beso. ¿O había sido la reaparición de Guido en su vida? En cualquier caso, era incapaz de dormir por las noches. Su cuerpo ardiente ansiaba lo que tanto tiempo le había sido negado.

A lo mejor sí debería acudir a un médico para que le recetara la píldora.

Iba a salir con Peter el viernes. Le gustaba, disfrutaba con su compañía y, después de ese beso, ella sabía que no le costaría ningún esfuerzo acostarse con él.

No inmediatamente, pero con el tiempo...

En cuanto a Guido Barberi, pertenecía al pasado y ahí debía permanecer. Una vez decidida, Sara se levantó. Iba a abrazar el futuro, con suerte en brazos de un agradable y rubio Adonis, Peter...

La noche del viernes, junto a Peter Wells, empezó a darse cuenta de que no era tan sencillo...

A la mañana siguiente, Sara despertó de un profundo sueño ante el sonido del teléfono.

−¡Por Dios! −gruñó. Había bebido demasiado, pero ¿quién podría culparla? Peter la había llevado a uno de los mejores restaurantes de Londres y habían cenado caviar y langosta, regado con abundante champán. Pero no celebraron su primera cita, sino el nuevo trabajo de Peter.

Ese mismo día volaba hacia Hong Kong para incorporarse como director de la oficina de su empresa en el Lejano Oriente. Un trabajo por el que ganaría el doble de lo que percibía en esos momentos y que prometía ilimitados beneficios. Al parecer, su jefe le había ofrecido el puesto de repente y él había aceptado a la primera.

–Maldita sea –gruñó ella de nuevo ante la insistencia de la llamada y, tras hacer un supremo esfuerzo, contestó–. Sí, ¿quién es? –sentía la boca reseca, la cabeza le pesaba como un plomo y una ojeada al reloj le indicó que no eran más de las siete de la mañana.

–Qué voz tan ronca. ¿La noche ha sido dura, Sara?

–Guido. No me lo puedo creer –a pesar de la resaca, su estúpido corazón saltó de inmediato ante el sonido de su voz–. Cómo haya pasado la noche, y con quién, no es asunto tuyo –espetó ella.

–¿Estás sola ahora? –preguntó él, sin rastro de burla.

Le dejaría con la duda. Ella se había preguntado sobre él y otras mujeres, especialmente Caterina, durante su breve matrimonio. De modo que Sara ignoró la pregunta.

–¿Para qué demonios me llamas a estas horas? –preguntó ella.

–Simplemente para recordarte, cariño, que faltan tres semanas.

Había una seguridad en el tono de su voz que la puso furiosa. A Guido siempre le había divertido perseguir a las mujeres. La mala suerte hizo que ella hubiera vuelto a despertar su interés al reencontrarse. Pero no iba a discutir con él. Guido no cambiaría jamás, y en una semana alguna otra centraría su atención.

–Piérdete, Guido –dijo ella mientras escuchaba su risa burlona.

–Ah, Sara, presiento que empiezas a enternecerte. Perderse es mucho mejor que «vete al infierno».

–Guido –la autosuficiencia de ese hombre y su perverso sentido del humor fue la gota que colmó el vaso–, tendría que haberme vuelto loca para querer volver a verte. Y no va a suceder, ni en tres semanas, ni en tres millones de años. Espero que te haya quedado claro. No vuelvas a llamar.

Sara colgó de golpe el teléfono y, cuando volvió a sonar, ignoró la llamada. Más tarde, mientras hacía la compra, compró un teléfono nuevo y tiró el viejo.

Guido frunció el ceño, abrió el ventanal del comedor y salió al jardín. Sara había acertado en una cosa. Con un padre inválido y Aldo de viaje, había trabajado toda la semana desde la casa familiar y, en efecto, aquello era como un mausoleo.

Su oscura mirada recorrió la piscina y siguió la línea de las terrazas hasta las escaleras que conducían a la playa. Hasta los peldaños donde había perdido a su esposa y a su hijo. Durante años no había pensado en el asunto, pero ver a Sara había despertado los recuerdos.

Sobre todo los recuerdos eróticos. El maravilloso cuerpo entrelazado con el suyo, la sedosa piel, los pechos perfectos con los exquisitos pezones rosados que tantas veces había chupado. Y estaba decidido a volver a hacerlo…

Una cruel sonrisa curvó sus labios. No era simplemente lujuria, o frustración, por llevar cinco semanas sin una mujer.

No. Se trataba de cobrarse una deuda.

Ella le había colgado el teléfono por segunda vez. Había rechazado las siguientes llamadas y, por último, había cambiado de número. Ninguna mujer lo había rechazado desde hacía años. En realidad, nunca. Normalmente era él quien las evitaba, y las reticencias de Sara eran algo nuevo para él. Una experiencia que, curiosamente, no le disgustaba del todo. Su vida sexual era bastante predecible desde hacía unos años y, siendo sincero, un poco aburrida. Él disfrutaba con los retos, y Sara era un reto que le iba a encantar superar.

Sin pecar de vanidoso, sabía que era un buen amante. También sabía que no necesitaría más que tenerla en sus brazos para que ella volviese a ser suya. La belleza de ojos azules y pelo castaño a la que había besado y acariciado diez días antes no era inmune a él, y ella lo sabía. El recuerdo del vestido abierto, de su cuerpo casi desnudo para su disfrute, invadió su mente... hasta que hizo ese estúpido comentario y ella lo golpeó.

Guido sonrió amargamente. Sara no podía evitarlo. Era apasionada, dentro y fuera de la cama. Él tenía que llegar hasta ella. Ya bastaba de intentar engatusarla con llamadas burlonas. No. La siguiente vez que se encontraran no habría previo aviso, ni escapatoria.

Sara volvería a ser suya hasta que a él dejara de apetecerle...

Sara se dirigió a la oficina de muy buen humor. Sus sandalias de tacón alto repiqueteaban sobre la acera y acentuaban el vaivén de las caderas bajo el vestido azul de corte camisero. Sus brillantes cabellos estaban recogidos en un moño suelto. Era agosto, el sol brillaba, y ya habían pasado más de cuatro semanas desde que había abandonado Mallorca, y a Guido.

A pesar de cambiar de número de móvil y de no haber tenido ningún contacto con él, ella se sentía vagamente inquieta. Pero, una vez pasado el fin de semana de su supuesta cita, sintió que se había quitado un peso de encima.

–Buenos días a todos –saludó con una amplia sonrisa a Tim, un contable, a su secretaria, Jan, y al resto de los empleados–. Hace un día precioso.

–Parece que alguien viene de buen humor hoy –sonrió Jan–. Y estoy a punto de alegrarte aún más el día. ¿Qué te parece salir a comer? –y luego mencionó el nombre de un lujoso hotel.

–Genial, pero improbable –contestó Sara–, a no ser que nos haya tocado la lotería y nadie me haya informado.

–Ojalá –contestó Jan–, pero me temo que no, aunque si el posible cliente, con el que el señor Thompson te ha organizado una reunión, firma el contrato, nuestra bonificación navideña será mucho más sustanciosa este año.

–¿Sam me ha organizado una reunión con un cliente para comer en un hotel de cinco estrellas? –preguntó Sara estupefacta–. Un momento, ¿hablamos del hotel en el centro de Londres? ¿El que da al malecón? ¿No será algún pub que se llame igual y que yo no conozca?

Sara conocía bien a su socio y sabía que era un poco tacaño, pero entre las partidas de golf y las copas en el club, de vez en cuando hacía algún nuevo cliente para añadir a la generosa lista de los que ya tenía desde hacía años.

–No bromeo, aunque no hace falta que te diga que Sam no es quien paga –contestó Jan–. Conoció a un tal señor Billy Johnson este fin de semana, quien al parecer está pensando en cambiar de contable. El que tiene desde hace años está a punto de jubilarse y quiere a alguien más joven, alguien que esté familiarizado con las nuevas leyes fiscales, directivas europeas y demás. Y Sam se apresuró á recomendarte. Al parecer, el señor Johnson ya tenía una cita para comer hoy en ese hotel con su socio financiero, y sugirió que te unieses a ellos. Sam aceptó en tu nombre, y me dijo que insistieras en que habías trabajado para una de las cuatro compañías financieras más importantes del mundo antes de asociarte con él. Convéncele de que somos una empresa muy profesional, además de moderna y establecida, conocida por nuestros servicios discretos y personalizados, y, por supuesto, de que podemos ahorrarle a ese tipo una fortuna…

–¿Exactamente de qué clase de negocio hablamos? –preguntó Sara secamente–. Conociendo a Sam, podría tratarse de cualquier cosa –no había olvidado al último cliente que le había buscado. Un extraño encuadernador, dueño también de galgos de carreras. Sam le había conocido en Dog and Duck, cuyo dueño también era cliente de ellos.

–Ya le he investigado –Jan rio–. Es dueño de una flota de barcos de recreo en el Támesis.

–Nunca había oído hablar de él. Esperemos que Sam no se lo haya encontrado en el pub.

–Esperemos –contestó Jan–, pero parece una cuenta prometedora.

–Sí –Sara rio–, supongo que tienes razón. Según un artículo que he leído hace poco, en la actualidad hay más barcos de recreo llevando a la gente de un lado a otro del Támesis que en el siglo XIX. Aparte del incremento del tráfico debido a las visitas a la noria y el Domo del Milenio, y de los turistas que quieren ver el observatorio de Greenwich, muchos residentes circulan por el centro de Londres en barco, en lugar de utilizar el tren. De hecho, creo que tomaré uno hoy. Me bajaré en el malecón y daré un corto paseo hasta el hotel.

Más tarde, mientras se bajaba del transbordador, Sara se preguntaba si había sido tan buena idea. Eran las doce menos cuarto y sus cabellos estaban completamente revueltos, y estaba mojada a causa de un idiota en una lancha motora que les había salpicado. Una vez en tierra firme, intentó recomponer su peinado, pero no le quedó otra opción que dejárselo suelto. Se retocó el maquillaje y rezó para que el vestido se le secara durante el paseo al hotel.

Guido observó entrar a Sara en el hotel desde la discreta posición que había elegido en una esquina. La vio sonreír al recepcionista y una oleada de sensaciones lo inundaron, sensaciones fuertes y ardientes. Apretó la boca para controlarse y entornó los ojos mientras la contemplaba caminar hacia el restaurante... igual que hacían todos los hombres a su alrededor.

¿Por qué no? Ella era preciosa, escultural y con muchas curvas. Tenía un aspecto muy natural. Los años pasados desde su primer encuentro le habían dado aplomo y poseía estilo. No tenía nada que ver con el aspecto plastificado que solían tener muchas mujeres. Era sencillamente increíble, y emanaba una sexualidad que a ningún hombre de sangre caliente se le escaparía. El cuerpo de Guido se tensó aún más. No podía comer con ella en ese estado. Para lo que tenía en mente, la necesitaba sola y dócil.

Unos minutos después, Billy Johnson entró en el hotel. Guido lo saludó y, con una sonrisa apologética, le dijo que esperaba una llamada importante y que empezaran a comer sin él.

Si no llegaba a tiempo, sugirió que Billy y su invitada se reunieran con él en su suite más tarde. Y sobre todo, le pidió que no revelara su nombre antes de tiempo.

Sara entró en el restaurante a las doce menos cinco. El maître la escoltó hasta una mesa vacía, preparada para tres personas, y sugirió que tomara un aperitivo mientras esperaba. Sara lo rechazó y se sirvió un vaso de agua del que bebió un sorbo antes de echar una ojeada a su alrededor. Se sentía un poco incómoda allí sola, y respiró aliviada cuando el maître reapareció con un hombre bajito, bastante atractivo y algo regordete, de unos treinta y tantos años, con el cabello casi gris y bigote. Durante un instante, a Sara le resultó vagamente familiar.

El señor Johnson era el típico londinense, y un encanto de persona, decidió Sara media hora más tarde, tras haber comido un primer plato de marisco acompañado de vino blanco. Billy, tal y como insistió en que le llamara, se había disculpado por la ausencia de su socio financiero. Al parecer, esperaba una importante llamada y había insistido en que empezaran sin él.

Sara le puso al día sobre su carrera y, al parecer, logró impresionar bastante al hombre. Después, él había descrito su negocio y explicado sus planes de expansión.

Con los rumores que circulaban en la prensa de que los nuevos dueños del Domo del Milenio estaban a punto de conseguir la licencia para el primer gran casino de Gran Bretaña, era el momento oportuno de aumentar su flota de barcos fluviales. Tenía pensado un servicio regular al casino, además de un par de barcos de lujo más grandes para poder cenar sobre el Támesis antes de dirigirse a las mesas de juego. También quería aumentar su flota de barcazas, ya que el volumen de mercancías transportadas por río era cada vez mayor.

Sara dejó los cubiertos sobre la mesa, tras haber comido el mejor filete de su vida.

–Eso es estupendo, Billy, y creo que tus ideas de expansión son muy buenas. Te garantizo que, si confías tu negocio a Thompson & Beecham, no te defraudaremos. Me encargaría de tus cuentas de un modo eficaz e imaginativo, dentro de los límites legales, por supuesto.

–Estoy de acuerdo –dijo él mientras consultaba su reloj–, pero preferiría que conocieses a mi socio antes de firmar. Se aloja aquí, pero supongo que esa llamada le ha llevado más tiempo del esperado. Si tienes tiempo, podrías acompañarme para conocerlo.

Relajada por la comida, el vino y las perspectivas de un nuevo gran cliente. Sara accedió.

Subieron en el ascensor y Billy llamó a la puerta de su socio. La puerta se abrió y Billy se hizo a un lado para dejarla pasar… un perfecto caballero.

Sara entró sonriente en la habitación y se dirigió al hombre que estaba junto a la puerta. Algo parecido a una descarga eléctrica la sacudió. Era Guido, y la sacudida no tenía nada que ver con su inesperada presencia, sino con la repentina aceleración de su pulso y el acaloramiento que, vergonzosamente, tiñó sus mejillas.

Vestía un traje gris pálido, hecho a medida, camisa blanca y corbata de seda, la marca del magnate triunfador, y la miraba con una sonrisa cínica y un brillo triunfal en su mirada.

–Volvemos a encontrarnos, Sara.

–¿Este es tu socio? –preguntó Sara a Billy mientras ignoraba el comentario de Guido.

–Sí, Sara –una mirada de alerta apareció en los ojos del hombre–. No te lo mencioné porque Guido quería sorprenderte. Pero pareces más enfadada que sorprendida.

–La ira ni se aproxima a cómo me siento –respondió ella–. ¿Es cierto que tenéis un negocio?

–Sí, por supuesto –Billy estaba desconcertado–. ¿No me recuerdas? Fui uno de los testigos de tu boda con Guido y, cuando mi padre murió y yo me hice cargo del negocio, Guido me echó una mano. Quiero que seas mi contable y suponía que esta iba a ser una reunión romántica.

Por eso le había resultado familiar. Aunque no se había enterado de gran cosa el día de su boda. Solo había tenido ojos para Guido.

–Romántica… estamos divorciados –Sara suspiró y echó un vistazo a la elegante habitación que resultó ser un salón. Debían estar en una suite. Finalmente, lo miró a los ojos.

–Supongo que esta es tu idea de una broma.

–Ninguna broma, Sara –los negros ojos se entornaron ligeramente–. Estoy decidido a apoyar los planes de expansión de Billy, así como sus intenciones de contratar a Thompson & Beecham como contables. Eres toda una profesional. ¿Te supone algún problema?

Sara estaba orgullosa de su carrera, y no le gustaba que un cerdo millonario como Guido hablara de su profesionalidad, pero no era estúpida, y sabía que le habían tendido una trampa.

–Tiene razón, Sara –intervino Billy–. Me gustas y sé que nos llevaremos bien profesionalmente. En cuanto a Guido, no es más que un socio, inactivo.

Sara se preguntó con quién se mostraría inactivo Guido. Su atractivo rostro estaba impávido, pero ella conocía bien esa divertida mueca de sus labios y, de repente, se sintió amenazada.

–Escuchad, tengo que irme –dijo Billy–. Guido y tú podéis charlar sobre el tema. Te llamaré mañana, Sara –dos segundos después, Billy había desaparecido.

Capítulo 6

SARA siguió a Billy, pero una enorme mano le atrapó el brazo. Ella miró perpleja a Guido.

–¿Y bien? ¿De qué va todo esto, Guido? Y no insultes mi inteligencia haciéndome creer que no has metido a Billy Johnson en todo esto. Aunque diga la verdad y quiera un nuevo contable, apuesto a que nosotros no encabezábamos su lista.

Guido sonrió con la sonrisa depredadora del lobo tras husmear a su presa y empezó a acariciarle el brazo con la mano. El estómago de Sara se encogió y sus mejillas se ruborizaron ante la intensidad de la oscura mirada que recorría su cuerpo.

–Creo que ya lo sabes –él la miró a los ojos–. Ya no eres una inocente adolescente, Sara, creo que lo sabes muy bien –durante un buen rato le sostuvo la mirada, respondiendo, sin palabras, a las dudas de Sara. Tendría que haber perdido los cinco sentidos para no darse cuenta de que los negocios eran lo último en lo que pensaba.

–No. No lo sé –mintió ella mientras un escalofrío la recorría. Tenía que ser miedo. La alternativa era demasiado vergonzosa. Intentó dar un paso atrás, pero Guido la siguió y la sujetó con más fuerza–. Esto no tiene sentido. ¿Por qué va un millonario como tú a financiar a Billy Johnson?

–Billy y yo fuimos juntos a la universidad –él se encogió de hombros–. Como yo, quería aumentar sus conocimientos financieros antes de trabajar en el negocio de su padre. Había completado una formación de cinco años como navegante y disponía de licencia para pilotar una nave, de mercancías o pasajeros, entre Teddington Lock y el mar del Norte. Al parecer, vuestra reina confía en él para el transporte de las joyas de la corona cada vez que inaugura las sesiones del parlamento. Es un negocio fascinante y pertenece al mismo gremio que el mío: el transporte. De modo que nos mantuvimos en contacto, y yo le ayudo cuando lo necesita.

–Bien por ti – Sara percibió el entusiasmo en su voz, pero seguía sorprendida de que se interesara por una empresa tan pequeña. «Será cuestión de dinero», pensó ella con cinismo–, pero ¿por qué todo este montaje para que nos viésemos aquí? Podrías haberte limitado a llamar por teléfono.

–Me colgaste dos veces, ¿recuerdas? Y luego cambiaste el número –durante un instante apareció un destello de furia en los ojos de Guido, sustituido por una mirada fría y arrogante.

–Bueno, pues parece que no tuviste ningún problema para descubrir dónde trabajo –Sara estaba cada vez más acalorada y ruborizada–. Podrías haberme llamado allí.

–Se me ocurrió, pero no quería darte otra oportunidad para colgarme el teléfono –dijo él secamente–. Te conozco demasiado bien, Sara. Eres desesperantemente impulsiva y has perfeccionado el papel de mujer ofendida.

–No es cierto –protestó ella a punto de perder los nervios.

–Has comido sola con un hombre al que creías no haber visto en tu vida –él la miró con ojos burlones–. Estás en la suite de un hombre, un hombre cuyo nombre desconocías cuando entraste aquí. A eso lo llamo yo impulsividad cuando no, claramente, estupidez.

Él la soltó y apoyó la mano en la pared, detrás de la cabeza de ella. Sara dio un paso atrás hasta sentir la puerta contra su espalda. Los músculos del estómago se encogieron mientras levantaba la vista, precavidamente, hacia él.

–¡Oye! Que no me quejo, Sara. La impulsividad puede ser una buena cosa en una compañera de cama –la profunda voz de Guido se volvió ronca–, aunque me inclino ante tu superior conocimiento del tema –su boca sensual se curvó en una sonrisa y sus ojos brillaron con malicia–. Personalmente, nunca he pensado así en las mujeres de mi vida, pero me gusta la idea.

A Sara no se le escapó el plural, pero sentía demasiado cerca el calor de su cuerpo y olía perfectamente el aroma de su loción de afeitado. Él no la tocaba, pero ella tenía el pulso acelerado. Sabía que no hacía más que burlarse de ella, como había hecho en el pasado. Por aquel entonces se había burlado de su ingenuidad, pero en esos momentos lo hacía de su supuesta experiencia sexual. Y en un momento de debilidad, a ella también le gustó la idea.

Hasta que, de repente, fue consciente de qué insinuaba.

–Pues a mí no me gusta –dijo secamente mientras apoyaba una mano en el cuello de su camisa. Estaba demasiado cerca, y ella debía estar loca para quedarse allí.

–¿Estás segura, Sara? –él apoyó la mano libre al otro lado de su cabeza, atrapándola–. ¿O se trata de una argucia femenina? A lo mejor estás enfadada porque no acudí a nuestra cita del sábado. Si es así, me disculpo. Tenía cosas que hacer.

–No teníamos ninguna cita. Fue una broma –dijo ella con voz tensa–, y lo sabes malditamente bien. Una broma que ya empieza a cansar, de modo que déjalo –ella sentía el movimiento del pecho bajo su mano, y el ligero roce de sus muslos cuando se acercó un poco más a ella.

—¿De modo que no estás tomando la píldora? —preguntó él dulcemente.

¿Bromeaba? ¿De verdad esperaba una respuesta?

¿Y qué había de su decisión de que ningún otro hombre la intimidaría jamás?

—Pues da la casualidad de que sí —ella vio el destello de sorpresa en los oscuros ojos y eso la animó a seguir—. Por Peter —no iba a dejar que Guido pensara que su vida carecía de sexo desde que lo había abandonado.

Durante un largo rato él se limitó a mirarla y ella sostuvo valientemente su mirada. El aire estaba cargado de tensión y algo en la profundidad de los negros ojos hizo que el pulso de ella se acelerara aún más. Sara tragó con dificultad. Entonces habló él.

—Es una pena que Wells esté en estos momentos a medio camino de Hong Kong... pero volvamos a lo nuestro. Soy un hombre ocupado y, a fin de cuentas, para eso estás aquí —él se dio media vuelta y se dirigió hacia el teléfono—. ¿Te apetece un café o prefieres algo más fuerte?

Atónita ante su brusca retirada, a Sara le llevó un par de segundos centrarse. Cuando lo hizo, supo que era su oportunidad para largarse de allí sin mirar atrás. Y también supo que eso le haría parecer como una idiota asustada. Mientras que Guido parecía increíblemente tranquilo y profesional, apoyado contra el escritorio con un brillo ligeramente burlón en la mirada. Él esperaba que saliera huyendo. Pues, maldita sea, no iba a darle esa satisfacción.

Un recuerdo del pasado surgió en su mente. De estudiante, Guido siempre hacía vestido de manera informal. Cuando se fueron a vivir juntos, ella había descubierto que tenía dos trajes en el armario, uno oscuro y otro claro. Sara había sugerido que uno era

para bodas y otro para funerales y él, tras mirarla ex-
trañado, lo había admitido.

Se había puesto el claro el día de su boda, el único
día que ella lo había visto con traje hasta que se trasla-
daron a Italia. Después, no había llevado nada más que
trajes, y ella apenas había podido reconocer al feliz y
bromista estudiante con quien se había casado bajo la
personalidad agresiva en que se había transformado.

El caso era que ella no había llegado a conocer a
Guido en absoluto... Con la perspectiva de los años
ella supuso que ese año en Inglaterra había sido una
especie de año sabático, una especie de rebelión contra el trabajo en el negocio familiar y, desgraciadamente, ella había sido partícipe en la aventura.

–Si necesitas tanto tiempo para elegir una bebida,
no sé cómo tomarás las decisiones en los negocios,
Sara –dijo él sarcásticamente.

–Café, por favor –dijo ella con la voz entrecortada
mientras cuadraba los hombros y se acercaba a los dos
sofás junto a la mesa de café y se dejaba caer en uno de
ellos. Si hacía falta, podía comportarse como una con-
sumada profesional y si él quería llevar la farsa hasta
sus últimas consecuencias, ella no iba a echarse atrás.

El café fue encargado y servido. Guido se sentó en
el otro sofá y le hizo muchas preguntas sobre sus cualificaciones, su experiencia laboral y sobre Thompson
& Beecham en general.

A Sara le parecía surrealista. Ella, ahí sentada,
mientras bebía café y respondía fríamente a las preguntas de su exmarido.

–Muy bien, estoy de acuerdo con Billy... la cuenta
es tuya.

–En ese caso –Sara recogió el bolso y se puso en
pie–, te doy las gracias y me marcho.

No tenía ninguna intención de incorporar a Billy
Johnson a su cartera de clientes. Se inventaría alguna

excusa para Sam, pero, desde luego, no se lo iba a decir a Guido. No se fiaba de él lo más mínimo, y tampoco se fiaba de ella misma cuando estaba cerca de él.

–Muy amable. ¿Eso es todo? –preguntó él mientras la miraba a los ojos–. No es que se te note muy entusiasmada ante un contrato tan lucrativo para tu empresa.

–Ya… bueno, es que no soy muy expresiva –no le quedaba otra que apretar los dientes, mostrarse amable y largarse de allí–, pero claro que estoy encantada de trabajar contigo –la mentira casi hizo que se atragantara–. Y ahora de verdad que tengo que irme.

Los ojos de Guido se posaron en el hermoso rostro de Sara. Sabía que mentía, pero no le sorprendía. Ella ya le había mentido antes. En esos momentos veía venir esas mentiras y ya no le preocupaban. No le interesaba su integridad, o su falta de ella, sino su cuerpo.

Guido se puso lentamente en pie. La expectación formaba parte del placer de acostarse con una mujer, pero empezaba a cansarse del juego.

–Si tú lo dices –él correspondió a la sonrisa de ella, consciente de que no se había reflejado en los azules ojos y que ella estaba al límite de su paciencia–. Si tienes que irte, permíteme acompañarte hasta la calle y llamar a un taxi –colocó una mano sobre su cintura para escoltarla y notó su rigidez. Desde luego, no era inmune a él–. Es una pena que no hayamos tenido mucho tiempo para hablar –su mirada se posó en los pechos antes de dirigirse hacia la puerta.

–Quizá en otro momento –murmuró ella mientras dejaba escapar un suspiro de alivio ante la proximidad de la despedida, algo que obligó a Guido reprimir una carcajada.

–Por supuesto –accedió él–. La semana pasada hablé con Pat y Dave. Me dijeron que no habían hablado contigo desde hacía tiempo y que tenían muchas novedades que contar. Supongo que no les importará que te lo diga. Seguramente estarán en Londres a finales de mes. Ya han encontrado un apartamento, al parecer por Internet, y Pat está informándose sobre los hospitales. Voy a alquilar su yate, dentro de dos semanas, durante todo un año. Solo nos queda firmar el contrato y pagar el alquiler y ellos se instalarán encantados aquí durante un año, eso, suponiendo que todo vaya bien…

Guido esperó la reacción de Sara y supo que había dado en el blanco cuando ella se paró en seco. Había pasado de la alegría de verse a punto de escapar, a sentir un tremendo pánico. Levantó la vista y miró a los inexpresivos ojos negros. En esos momentos recordó otra época y otro lugar, y a su padre con esa misma mirada. Se repente, todo encajó.

Tenía que haber estado ciega para no verlo. Su socio, Sam Thompson, tentado con una lucrativa cuenta para el negocio. Y la sutil sugerencia de que el trato que Guido había hecho con sus mejores amigos podría venirse abajo. Un trato que Pat y Dave necesitaban desesperadamente.

—¿Qué podría salir mal? —preguntó ella con voz ahogada.

—En los negocios, Sara, todo puede suceder —él se encogió de hombros—. Las circunstancias cambian, las personas reciben una oferta mejor o, como deberías saber tú, mejor que nadie, simplemente cambian de idea —el tono de su voz hizo que ella sintiera un escalofrío.

Los pensamientos de Sara volaban veloces. Sabía que él la quería provocar, y sabía que ella debía estar por encima de sus veladas amenazas y marcharse de allí. Pero su carácter pudo más.

—Grandísimo puerco —espetó mientras lo miraba furiosa a los ojos—. ¿De verdad esperas que me acueste contigo para salvar a mis amigos?

—Yo no he dicho eso —dijo Guido mientras la atraía

más hacia sí–. Me escandaliza que tengas una opinión tan pobre de mí, Sara.

El demonio la tentaba, y ella ardía en deseos de golpearlo, pero pensar en Pat se lo impidió.

–Aunque me parece bien cualquier cosa que pienses –añadió él mientras, con un dedo, acariciaba su cuello y bajaba hasta el hombro.

Sara tragó con dificultad mientras reconocía la sensualidad en los negros ojos y la escuchaba en su voz profunda y ronca.

–Siempre que acabes en mi cama –dijo él con voz melosa mientras inclinaba la cabeza hacia ella–. Y los dos sabemos que allí es donde quieres estar.

Ella sintió repugnancia ante esa masculina arrogancia y el poco disimulo con que intentaba chantajearla para que se acostara con él. Pero la calidez de su aliento contra las mejillas, y la devastadora sensualidad en los oscuros ojos hicieron que su traicionero cuerpo reaccionara con el viejo y desesperado deseo.

Sara cerró los ojos un instante mientras intentaba luchar contra la atracción que sentía por Guido. Era el momento de marcharse.

Pero él la mantenía firmemente sujeta con un brazo alrededor de la cintura mientras la obligaba a echar la cabeza hacia atrás. Su sensual boca rozó la de ella y Sara se estremeció. Intentó resistirse, pero la firmeza de los labios y la lengua que le acariciaban sensualmente la boca era demasiado tentadora, y ella despegó los labios, permitiéndole la entrada.

Mientras lo recibía con un instintivamente provocador movimiento de la lengua, ella notó cómo los escalofríos se transformaban en sacudidas de placer que era incapaz de controlar. Cuando él levantó la vista y la miró a los ojos, ella fue incapaz de desviar la mirada.

–Sabes que lo deseas –dijo Guido con voz ronca,

antes de volverla a besar y mientras ella sujetaba sus anchos hombros.

Sara sintió los dedos de Guido acariciar sus cabellos y descender hasta los pechos. Tomó aire cuando la boca de él la abandonó, gruñó cuando sus labios le acariciaron la mejilla camino de la oreja. La calidez de su aliento y las palabras italianas que él murmuraba resonaban por todo su cuerpo, que reaccionó con entusiasmo. Sentía que le flaqueaban las piernas y apenas fue consciente de que él le desabrochó el vestido para deslizar los dedos bajo el raso que cubría sus pechos. En el instante en que esos dedos empezaron a acariciarle un inflamado pezón, el fuego se desató en las venas de Sara. Oyó unos suaves gruñidos guturales y supo que era la culpable, pero no tenía la fuerza de voluntad necesaria para acallarlos. Ni siquiera lo intentó.

Sintió un leve mordisco en un lóbulo y entonces sus labios volvieron a encontrarse. Deseaba la suavidad de su boca, el experto movimiento de la lengua, la exquisita sensación de los dedos sobre sus pechos mientras pellizcaban el erecto pezón. Ella se apretó contra él y deslizó los dedos por sus cabellos y sintió la rigidez de su erección contra el estómago, y la creciente humedad entre los muslos. Y empezó a frotarse contra él.

–Tranquila –gruñó Guido mientras la levantaba en sus brazos–. Llevamos demasiada ropa y la cama está en la habitación de al lado.

Sara lo miró fijamente, demasiado aturdida para hablar. Cuando él la dejó en el suelo, junto a la cama, ella se tambaleó ligeramente mientras contemplaba a Guido con ansiosa fascinación. Él se desnudó sin ningún esfuerzo y se quedó ante ella, completamente desnudo.

Ella siempre había pensado que era un hombre guapísimo con un cuerpo estupendo, el hombre perfecto. Pero el hombre que tenía ante ella era físicamente magnífico. Los hombros eran ligeramente más anchos de lo que ella recordaba, los músculos del pecho y el estómago estaban más definidos y, en plena erección, era el hombre más eróticamente viril que alguien pudiera imaginarse.

–No solías ser tan lenta, Sara –él sonrió abiertamente y se acercó a ella para desnudarla antes de dar un paso atrás.

Ella no sentía vergüenza alguna. Los oscuros ojos recorrían todo su cuerpo y para ella era como una caricia, mientras la temperatura de la sangre ascendía.

–*Dio*, qué deliciosa eres –dijo él con las manos apoyadas en sus caderas. Después, le acarició un pecho mientras retorcía un pezón entre el dedo índice y el pulgar–. Te gusta, siempre te gustó –rio él cuando ella emitió un gruñido y mientras, con la otra mano, le acariciaba el cuello y la obligaba a levantar el rostro–. ¿Lo deseas, Sara? –preguntó en voz baja y sensual.

–Sí, oh sí… –más que desear, ella estaba desesperada.

Guido respiró hondo, sorprendido del alivio que sentía ante un simple «sí». Sus oscuros ojos la contemplaron. Era increíble, exquisita, de cuerpo perfecto y una gracilidad que le volvía loco. Sintió el impulso de agarrarla y penetrarla sin más, pero consiguió controlar su rugiente libido y, suavemente, la levantó en sus brazos y la tumbó sobre la cama.

Él quería saborear el momento, saborear cada centímetro de su cuerpo. Había esperado demasiado tiempo para apresurarse. Se tumbó a su lado y, apoyado sobre un codo, colocó una mano sobre el estómago de ella. Durante un fugaz instante, pensó en el hijo que podría haber sido. Mientras se sacudía los pensamientos de la mente, tomó uno de los perfectos pechos en la mano y empezó a acariciar el pezón. Sintió los escalofríos de excitación atravesar el cuerpo de ella y supo que era lo único que importaba, ni el pasado ni el futuro, sino el presente.

–Guido –gimió ella mientras le sujetaba los hombros y lo apremiaba para que se acercara más.

Él obedeció y besó sus exuberantes labios antes de descender hacia el pecho e introducir un pezón en su boca.

Para Sara fue como si la hubiesen liberado tras años de cautiverio. Su esbelta figura vibraba de sensaciones y sus largas piernas se abrieron involuntariamente, deseosas de que él se acomodara entre ellas. La espalda se arqueó mientras él saboreaba sus pechos, y ella se deleitó acariciando su suave piel y firmes músculos.

Era tal y como ella lo recordaba, y mucho más, y disfrutó con la sensación de su grande y musculoso cuerpo sobre ella. Ante el contacto erótico de la lengua y los dientes de él sobre su cuerpo, Sara gruñó en voz alta. La mano de Guido le acarició el muslo y descendió hasta la parte más íntima. Sara abrió más las piernas en una silenciosa súplica de un contacto más íntimo y, hábilmente, él obedeció.

Ella acarició su columna y la curva de sus glúteos y encontró, con una mano hambrienta y temblorosa, la rígida extensión.

–Espera –gruñó Guido mientras se ponía de rodillas.

Ella contempló su atractivo rostro y los negros ojos que ardían de deseo, y observó mientras él se colocaba la necesaria protección. En su interior, el deseo se intensificaba y ella extendió los brazos.

–Por favor.

Durante un segundo, Guido hizo una pausa para tomar aire. Sara era exactamente como él la recordaba. Su fabuloso cuerpo tendido en la cama bajo el suyo, con los brazos y las piernas separadas, suplicantes… Él le acarició la parte interna de los muslos. Estaba húmeda y dispuesta, pero él continuó con sus caricias, por el vientre plano hasta los pechos, donde acarició la rosada areola. Sin poder resistir la tentación, y con la necesidad que lo acribillaba, inclinó la cabeza y cubrió un pezón con su boca mientras lo chupaba. Después, incapaz de reprimir por más tiempo su feroz deseo, con un hábil movimiento, se acomodó entre los muslos de ella y, mientras le sujetaba las caderas con sus fuertes manos, la penetró con una fuerte y larga sacudida.

Ella se estremeció y Guido, al sentir su reacción, paró.

—No, por favor, no pares —suplicó ella.

—Jamás —gruñó él mientras se movía con deliberada lentitud, poco a poco hasta que, con un empujón final la penetró por completo. Después se retiró para iniciar de nuevo el movimiento.

La enorme tensión en el interior de Sara estalló tras las primeras y potentes sacudidas del fuerte y duro miembro, y su cuerpo se convulsionó con las oleadas de la liberación. Mientras aún temblaba tras el inmenso placer, él la sorprendió al volver a penetrarla.

El cuerpo de Sara se movía acompasadamente con el de Guido mientras él empujaba con más y más violencia y, de nuevo, la volvía loca de excitación hasta alcanzar la cima del placer, tan intensamente que casi dolía. Oyó vagamente el grito de Guido y sintió las sacudidas de su cuerpo mientras los muslos de ella temblaban y se agitaban en una tormenta de alocado placer.

Sara se quedó tumbada de espaldas, con Guido encima, y pasó un brazo por sus hombros, cerró los ojos y suspiró con el cuerpo saciado y la mente en blanco.

Guido se incorporó y se deshizo del abrazo. Oyó un murmullo y la miró. Tenía los ojos cerrados, los suaves labios rosados inflamados por sus besos y la maravillosa melena extendida por la almohada. Sonrió mientras le alisaba los cabellos y se levantó de la cama.

Capítulo 7

GUIDO entró en el cuarto de baño y se deshizo del preservativo. Ante el espejo observó que, por el bien de la delicada piel de Sara, le vendría bien un afeitado antes de volver a hacerle el amor.

De inmediato, frunció el ceño. No le hacía el amor. Solo era sexo. Tremendamente satisfactorio y enloquecedor, pero nada más que sexo. Y tenía la intención de seguir así hasta librarse de esa fastidiosa y repentina fascinación por esa mujer, pero antes... tenía algunas llamadas que hacer.

Mientras adoptaba de nuevo una actitud profesional, se puso una bata y salió del baño. Al atravesar el dormitorio, echó una ojeada a Sara mientras una sonrisa de satisfacción masculina curvaba sus labios. Ella seguía con los ojos cerrados. Aparentemente dormida, aunque a lo mejor estaba demasiado avergonzada para enfrentarse a él. *Dio*, de cualquier manera estaba preciosa, y era la mejor amante que había tenido en su vida. También era la mujer que lo había abandonado y, al recordarlo, salió bruscamente de la habitación.

Pidió que le subieran café y encendió el portátil para ponerse a trabajar. Pero, diez minutos más tarde, no había hecho otra cosa más que mirar la pantalla. ¿A quién pretendía engañar?

Había estado tan obsesionado con la idea de llevarse a Sara a la cama que no había pensado en nada más. Pero en esos momentos reflexionó sobre la conversación mantenida aquella tarde durante la que ella le había resumido sus cualificaciones. De haberse tratado de otra persona, él se habría sentido impresionado.

Había terminado la carrera, trabajado en la City, y se había convertido en socia de Thompson & Beecham. Algo no cuadraba. No podría haber triunfado en su carrera sin muchísimo trabajo. Aun así, la propia Sara había confirmado que se había gastado en juergas el dinero que le había exigido a su padre. Tenía que ser mentira, de lo contrario no ocuparía el lugar que ocupaba en esos momentos.

Cierto que se había largado con un cuarto de millón de libras… migajas para él. Se había gastado eso y más en unas cuantas mujeres que habían compartido su cama. Lo que deploraba era el método empleado por ella. Había amenazado a su familia con un escándalo y con reiterar ante la prensa sus acusaciones de que Caterina la había empujado. Había sido un comportamiento deleznable. Pero, dado que había estado embarazada de su hijo, sufrido un aborto y perdido un año de universidad, el dinero era una recompensa ridícula. Guido ignoró una punzada de culpabilidad que lo asaltó. Sara había demostrado una gran fortaleza de carácter para lograr triunfar del modo en que lo había hecho.

Guido llamó de nuevo al servicio de habitaciones… para encargar champán.

Sara era muy joven cuando lo abandonó, y sin familia. Guido no podía culparla por pedir dinero para empezar de nuevo. Él había conseguido que volviera a su cama, podía mostrarse magnánimo y olvidar el pasado… y celebrar una relación madura sin ninguna expectativa por ninguna de las dos partes.

Sara abrió los ojos lentamente. ¡Cielo santo! ¿Qué había hecho? Gruñó en voz baja y cubrió su cuerpo desnudo con la sábana. ¿Cómo había podido sucumbir tan fácilmente a Guido? El recuerdo del placentero dolor que sufría en determinadas partes de su cuerpo le dio la respuesta. Jamás en su vida se había sentido tan avergonzada de sí misma.

Cuando Guido se marchó al cuarto de baño, ella había cerrado los ojos, demasiado avergonzada para mirarlo, y los había mantenido cerrados hasta que oyó cerrarse la puerta del dormitorio. No se sentía capaz de enfrentarse a él.

Diez años de celibato habían saltado por los aires en brazos de Guido. Pero, para ser sincera, ella tuvo que admitir que su aletargada vida sexual no era la única responsable de su reacción ante él. Le bastaba con estar en la misma habitación para sentir la tensión, el recuerdo sexual que los conectaba. A él le bastaba con mirarla de cierta manera para que el corazón de Sara iniciara una alocada carrera. Era incapaz de controlar la excitación que bullía en su interior, mientras que él no tenía ese problema. Le había hecho el amor con una pericia sensual ante la cual ella no podía sino descubrirse, pero no había perdido el control. Había conseguido lo que deseaba de ella, había saltado de la cama y se había marchado sin decir una palabra.

Sara se sentó mientras las lágrimas, de dolor e ira, inundaban sus ojos. Tenía que adoptar una sofisticada pose ante él, para protegerse. Se negaba a volver a ser una víctima. Saltó de la cama y recogió su ropa interior del suelo. Mientras luchaba por abrocharse el sujetador, buscaba con la mirada el vestido.

–¿Necesitas ayuda?

–De ti, no –ella se volvió al oír la voz de Guido que se acercaba con una amplia sonrisa en los labios, y una botella de champán y dos copas en la mano. Metro ochenta y cinco de masculina virilidad, vestido con un albornoz blanco que terminaba a medio muslo y revelaba la mayor parte de sus largas y musculosas piernas. Ella tragó con dificultad y alzó la cabeza.

Sus ojos se encontraron, y ella vio un destello sensual en la negra profundidad. De inmediato, tuvo que luchar contra una oleada de calor que inundó sus mejillas ante el recuerdo de su cuerpo desnudo. Le costaba respirar y era incapaz de articular palabra.

–Esa no era la cálida bienvenida que esperaba después de los ardientes momentos compartidos –dijo él con sarcasmo–, pero aquí traigo el remedio –añadió mientras dejaba la botella y las copas sobre la mesilla de noche, antes de agarrar a Sara por los hombros y desnudarla de nuevo–. Mucho mejor así –afirmó mientras contemplaba sus pechos–. Lo de antes no fue más que un aperitivo. Ahora tengo ganas del plato principal –Guido contempló divertido el enrojecido rostro de ella–. Pareces escandalizada, Sara, pero ambos sabemos que nunca nos bastó con una vez. Yo no he cambiado y, por el aspecto de esos pechos, tú tampoco.

Sara descubrió, para su horror, que él tenía razón. No había podido pensar con claridad desde que él había entrado en el dormitorio. Cruzó los brazos sobre los pechos y dio un paso atrás.

No servía de nada intentar negar que él la excitaba, siempre lo había hecho. Era atractivo, y fuerte, y capaz de excitar a cualquier mujer con una mirada de sus pecaminosamente sensuales ojos. Pero ella ya no era la estúpida de años atrás. Y no había olvidado por qué estaba allí.

–Puede que, sexualmente, no, pero ahora tengo las ideas mucho más claras –dijo ella cuando por fin recuperó la voz–. Un hombre que necesita chantajear a una mujer para lograr que se acueste con él no es mi idea de un amante.

–Venga, Sara –Guido sonrió mientras la recorría

con la mirada desde los hombros hasta las diminutas braguitas que abrazaban sus caderas–. No lo dices en serio. Lo utilizas como excusa por haber disfrutado antes conmigo, para no admitir que me deseabas tanto como yo te deseaba... y te deseo.

Sara pensó con amargura en lo arrogante que era, mientras la ira sustituía a la vergüenza por su desnudez. Él estaba allí de pie, sonriendo, un hombre mundano y desbordante de testosterona con una ansiosa expresión de anticipación en sus ardientes ojos. Estaba seguro de que ella volvería a caer en sus brazos, como la fruta madura. Pues iba a llevarse una sorpresa.

–Controla tu entusiasmo –dijo ella con fingida dulzura mientras lo miraba con sus fríos ojos azules–. Si lo que dices es cierto y no hay ningún chantaje implicado, entonces puedo estar tranquila porque mantendrás tu trato con Pat y Dave –luego se dio la vuelta y se envolvió con una sábana. Podía fingir ser una sofisticada amante si hacía falta–. ¿Correcto? –lo apremió.

La magnanimidad de Guido se esfumó con rapidez a medida que fue consciente de que la mujer de ojos azules que lo miraba con indiferencia no era la mujer exhausta y saciada que él había dejado en esa cama. Había estado dispuesto a perdonar su comportamiento del pasado, a tratarla como a cualquier otra amante, pero ya no...

–Podría haber un problema... pero tú eres una mujer inteligente, Sara, y seguro que comprenderás que en los negocios siempre hay que guardarse una carta. Te deseo como amante, y sé, por lo ocurrido en esta última hora, que no te disgustaría ocupar ese puesto.

–Me chantajeaste –respondió ella con frialdad. ¿Por qué se lo había permitido? La vergüenza de su comportamiento la carcomía. Tenía que haberse marchado, haber salido. Pero, de haberlo hecho, una traicionera vocecilla sonó en su cabeza, jamás habría experimentado el placer de sentir ese maravilloso cuerpo penetrarla profundamente.

–Chantaje es una palabra muy fea, Sara –afirmó Guido.

Los oscuros e insolentes ojos se burlaban de ella. Él sabía de sobra que lo último en lo que había pensado Sara desde que sus labios se habían fundido con los suyos era en Pat y Dave. Ella agarró la sábana con más fuerza.

–Prefiero llamarlo «garantizar mi apuesta». De manera que te propongo una relación de, digamos, un año –él se encogió de hombros–. O menos, si nos cansamos de la situación. A cambio, te garantizo que respetaré el contrato de Dave y Pat durante un año. ¿Qué te parece?

Él sabía muy bien lo que le parecía. Sara se sentía inundada de ira y amargura. Ella había tenido razón desde el principio, pero vociferar contra ese hombre no iba a arreglar nada. Si quería que sus amigos y el bebé disfrutaran de un embarazo y un parto feliz y despreocupado, ¿tenía alguna otra elección?

Su mente repasó todo lo que Guido le había dicho y hecho desde su reencuentro. Buscaba una escapatoria. Si no se hubiese tratado más que de Pat y Dave, podría haberse arriesgado sin demasiado cargo de conciencia. Eran sus amigos, pero también eran capaces de cuidar de sí mismos. Lo que la mortificaba era ese bebé aún por nacer.

De haber podido, les habría ayudado económicamente ella misma, pero, aunque su sueldo era bueno, no le sobraba demasiado, y ellos necesitaban una importante cantidad. Por desgracia, ella no conocía a ningún otro millonario filántropo.

–Un momento –de repente, una idea surgió de la nada en su mente–. ¿Cómo sabías que Peter Wells se había marchado a Hong Kong?

–Su jefe, Mark Hanlom es socio mío –respondió él con tranquilidad–. Debí mencionarle que había conocido a Wells y lo mucho que me había impresionado su talento financiero, y puede que sugiriese que sus aptitudes serían de gran utilidad en el Lejano Oriente.

–¡Te deshiciste de él! –exclamó Sara.

–Eso suena muy duro, casi mafioso –rio Guido–, cuando, en realidad, le hice un favor a ese chico, impulsando su carrera.

–Y, por supuesto, tus motivos eran inocentes –se burló ella–, y no una manera de deshacerte de mi… amante –ella dudó un segundo ante la mentira–. Pero no me sorprende. Un hombre que cae tan bajo como para chantajear a una mujer para que se acueste con él no va a dudar a la hora de deshacerse de un amante.

–Por favor, Sara, ahórramelo –dijo Guido con sarcasmo–. No tuviste ningún reparo a la hora de pedirle dinero a mi padre para poder largarte, y llenarte los bolsillos al mismo tiempo.

–¿Que yo te chantajeé? ¿Estás loco? –exclamó Sara loca de ira–. Tu padre me obligó a aceptar ese cheque y exigió que me marchara inmediatamente. Me amenazó.

–¿Con qué te amenazó? –se burló Guido, que empezaba a perder la paciencia ante la insistencia de ella en que su familia, de algún modo, la había maltratado. Había estado mimada y rodeada de lujos en comparación a lo que estaba acostumbrada. Siempre había sido muy insegura, una secuela del tiempo que había vivido en hogares de acogida tras la muerte de su madre. Guido lo entendía, hasta cierto punto, pero estaba harto de que ella incluyera a su familia en el mismo saco que todas aquellas personas que la habían maltratado. ¿Con tenerte a pan y agua?

–No tanto. Me dijo que con el bebé muerto no había motivo para que me quedara. Que solo te habías casado conmigo por mi embarazo y que querías terminar con el matrimonio–. Sara dudó, reacia a revelar lo fundamental, pero ¿por qué no? No tenía nada que ocultar–. Que mi evidente estado de desequilibrio emocional, evidenciado por mi supuesto odio paranoico hacia Caterina y, dado que no conocía a mi padre, podría ser un carácter heredado. Insistió en que tomara el dinero y me largara –finalizó ella con sarcasmo.

Los ojos de Guido se entornaron sobre el ruborizado rostro de ella, quien parecía creerse sus propias palabras. En una cosa tenía razón, a los veinticuatro años, el matrimonio era lo último en lo que pensaba, y si se había casado con ella era, sobre todo, por el embarazo. Por primera vez en años, Guido empezó a dudar de la versión de su padre. Hasta que recordó la carta que ella le había dejado.

–Ya basta, Sara, leí la nota que dejaste. No me cuentes más cuentos. No me interesan. Ya no tiene importancia. Lo único que me preocupa es el momento presente –Guido se encogió de hombros y la miró con dureza–. Jamás te he lastimado, ni entonces ni ahora –se sentía frustrado ante la insistencia de ella en hurgar en el pasado–. Disfrutaste de cada minuto que pasaste conmigo en la cama esta tarde, no te molestes en negar lo evidente. Y en cuanto a Wells, me limité a hacerle un favor y, al mismo tiempo, me deshice de la competencia –y mientras levantaba la botella de champán, añadió–, sugiero que dejemos de discutir sobre lo ocurrido en el pasado y brindemos por el éxito de nuestra relación.

Era tan malditamente apático. El pasado no significaba nada para él. Ella no era nada para él, salvo una hembra que le calentara la cama durante un rato. No servía de nada discutir con él. De repente, Sara se sintió atemorizada.

Guido era tan arrogante, tan seguro de su capacidad para lograr lo que deseaba, tanto en los negocios como en su vida privada. Era listo, astuto y sorprendentemente paciente y, de inmediato, Sara supo cómo se sentía una mosca atrapada en la tela de araña. Guido era igual de sombrío y letal que una araña...

Y si ella no tenía cuidado, podría devorarla.

—Toma —él se acercó hasta ella con una copa en la mano—. Es para ti, Sara.

Ella tomó la copa y bebió un generoso trago. Lo necesitaba.

—Por nosotros —murmuró él con una pequeña sonrisa—. Y por nuestro asunto mutuamente satisfactorio. ¿De acuerdo?

Era el momento. Sí o no.

Sara apuró la copa de champán y la dejó sobre la mesilla de noche mientras intentaba ganar tiempo para pensar. Se giró lentamente y sujetó con más fuerza la sábana. Necesitó realizar un enorme esfuerzo para mirarlo. No ayudaba lo más mínimo el hecho de que estaba enormemente sexy con ese albornoz medio abierto que revelaba su fuerte torso.

—Puede —dijo ella mientras mantenía la mirada fija en su rostro, con la esperanza de que la distrajera menos que el resto de su cuerpo. En su interior batallaban distintas emociones. La principal, para vergüenza propia, no era la ira por el chantaje de Guido, sino el deseo de ser suya otra vez.

Sabía que era una estupidez... sabía que era peligroso.

También sabía que no había escapatoria si quería proteger a sus amigos. Pero en aquella ocasión, Guido no iba a salirse del todo con la suya. Había llegado el momento de jugar a su juego y establecer unas cuantas normas.

—Si accedo, antes quiero escuchar, de aquí a catorce días, y de labios de Pat, que tienen el dinero. En segundo lugar, quiero que quede claro que nuestro acuerdo no puede interferir en mi carrera o mi vida diaria –dijo ella con una fingida frialdad que estaba lejos de sentir–. Nos veremos únicamente cuando estés en Inglaterra, y cuando a mí me convenga, o sea los fines de semana. He trabajado mucho para tirarlo todo por la borda por culpa de una relación que no se va a prolongar más allá de doce meses.

–No podría haberlo expresado mejor yo mismo – Guido rio y volvió a llenar las copas–. Brindemos por nuestra muy británica relación de fin de semana.

–Sí –dijo ella tras mirarlo, alto y moreno, y con un brillo triunfal en su oscura mirada. Sus copas chocaron y ella volvió a apurar la suya entera.

Guido había logrado lo que quería, como siempre. A ella no le había sorprendido lo más mínimo que hubiera accedido a todas sus condiciones. A fin de cuentas, tenía, que ella supiera, una amante en Estados Unidos y otra en Hong Kong, y seguramente alguna más.

Guido suspiró aliviado, sin admitir ni por un instante que había llegado a dudar de su respuesta. Tomó la copa de Sara y dejó las dos sobre la mesilla.

–Un beso para sellar el trato –dijo con dulzura mientras su mirada masculina contemplaba su botín con satisfacción. Ella le pertenecía, cada centímetro de ella era suyo. La agarró por los hombros y la atrajo hacia sí. Observó un destello de resistencia en los azules ojos y decidió no perder más tiempo. Agachó su orgullosa cabeza y cubrió la sensual boca con la suya propia.

¿Cómo era el dicho? «Relájate y disfruta». Sí, pensó Sara mientras los labios de él rozaban los suyos, podría hacerlo.

Ese fue el último pensamiento claro que tuvo durante un buen rato.

La lengua de Guido se hundió en la boca de ella y

la besó con una apasionada intensidad que casi le hizo perder el sentido.

Un leve gemido se escapó de los labios de Sara cuando él empezó a besarle el cuello. Una mano descendió hasta los glúteos y la empujó más contra él, y ella fue plenamente consciente de la fuerza de su erección.

Guido alzó la cabeza y la miró con ojos ardientes.

—Debería irme —dijo ella en un último intento por resistirse, pero las manos tenían vida propia y se abrazaron a su cuello mientras sentía la sábana deslizarse hasta los pies.

—Yo esperaba que hicieras lo contrario —rio Guido mientras se quitaba el albornoz y la tumbaba de nuevo sobre la cama.

Los labios de Sara se curvaron en una sonrisa. Era tan increíblemente maravilloso, tan masculino... Los ojos azules recorrieron con avidez cada músculo de su fornido cuerpo y, tras tomar aire, extendió los brazos para recibirlo.

—Paciencia, Sara —él sonrió mientras se inclinaba para agarrar sus manos y besar las palmas antes de elevarlas sobre su cabeza.

Ella contempló el atractivo rostro y vio la lujuria reflejada en los negros ojos, y cada nervio de su cuerpo se tensó ante la excitante perspectiva que la inundaba.

—Desde que volví a verte, me lo prometí —dijo él con voz gutural mientras la tumbaba boca abajo.

¿Prometerse el qué?, se preguntó ella mientras intentaba incorporarse, pero él acercó la boca a su oído.

—Compláceme —murmuró mientras le acariciaba el cuello.

Guido deslizó sus manos hasta las nalgas de ella y después por la cintura. Ella sentía su lengua en la espalda y una mano que se deslizaba bajo su cuerpo para acariciarle los pechos antes de descender hasta su estómago. Unos largos dedos juguetearon con los suaves rizos entre los muslos antes de abrirse paso hábilmente entre los sedosos pliegues hasta alcanzar el ardiente y húmedo centro de su feminidad.

Ella no podía verlo, no podía tocarlo, pero las sensaciones que él le provocaba hicieron que gimiera en voz alta. Sintió la lengua deslizarse por su columna, haciendo que temblara incontroladamente ante las exquisitas sensaciones. Los dedos acariciaban su parte más íntima y sensible y, al mismo tiempo, la sensual boca cubría su espalda de besos.

Ella se retorcía salvajemente mientras se abandonaba a las increíbles sensaciones que atravesaban su cuerpo como una tormenta de fuego y deseo. Oyó vagamente el gemido de Guido.

–Soñaba con esto.

Y sintió su lengua describir círculos sobre su cuerpo ardiente mientras lo dedos no cesaban en sus expertas caricias. La tensión y la excitación crecieron dentro de ella. Su hambre y su necesidad alcanzaron un nivel de placer casi tortuoso. Emitió un fuerte gemido mientras, ágilmente, se daba la vuelta y abrazaba las caderas de Guido con los muslos.

La salvajemente apasionada mirada de Sara buscó la de Guido. Él estaba arrodillado sobre ella y sus fuertes manos agarraron las finas caderas para elevarlas contra sus muslos. El cuerpo de Sara se arqueó y la cabeza cayó hacia atrás mientras alargaba los brazos para abrazarlo por el cuello en el momento en que él la penetró con una fuerte y profunda sacudida que aumentó aún más su excitación y ansia. Los repetidos envites del musculoso cuerpo la llenaron a la vez que él se movía con creciente violencia y rapidez, hasta que los feroces espasmos de tormentoso placer la envolvieron y todo su cuerpo quedó reducido a una sublime sensación…

Capítulo 8

ARGO rato después, Sara sintió el roce de una mano en sus cabellos y, lentamente, abrió los ojos.

—Ha sido increíble —dijo Guido con una sonrisa.

—Guido… —murmuró ella. Estaba tumbada sobre él con la cabeza apoyada en los anchos hombros. Sentía el alocado latido de su corazón contra el suyo propio. Sonrió y, con un dedo, siguió la línea de su mandíbula y la curvatura de su sexy boca—. Sublime —dijo dulcemente, con el cuerpo palpitante de satisfacción sexual—, pero, ¿qué te habías prometido?

—¿No lo adivinas, cariño? —una sonrisa de satisfacción curvó los labios de Guido—. Desde el momento en que te vi tumbada boca abajo sobre ese yate, me prometí que volvería a besar esos deliciosos hoyuelos una vez más —dijo él mientras le acariciaba la espalda con sus largos dedos.

—Eres un fetichista de los hoyuelos —bromeó Sara mientras se deleitaba en las postrimerías del sexo.

—Solo con las tuyas, Sara, solo con las tuyos —rio él.

—Entonces, te lo permito —murmuró ella—. Estamos a los pies de la cama. ¿Qué ha pasado?

Guido la tumbó de espaldas para contemplarla. Sara tenía el cabello revuelto sobre los hombros y los labios hinchados por los besos. Los pechos llevaban las marcas de su hambrienta boca.

–Si me das diez minutos, te lo demostraré –dijo él, pero en ese instante su estómago emitió un rugido de protesta–. Que sea media hora. A diferencia de ti, yo me perdí la comida –él rio antes de torcer el gesto al oír el sonido de su móvil–. Lo siento –dijo mientras saltaba de la cama–. Tengo que contestar.

Sara lo contempló mientras se dirigía, completamente desnudo, al montón de ropa tirado en el suelo para contestar al teléfono. Oyó su profunda voz al hablar y vio como se le endurecía el gesto. De repente, se le heló la sangre.

Durante unos maravillosos minutos, ella había olvidado la última década, olvidado que estaban divorciados, seducida nuevamente, no una sino dos veces, por su maravilloso cuerpo y su increíble pericia sexual. Si se quedaba allí, era probable que hubiese una tercera...

Saltó apresuradamente de la cama y recogió la ropa interior del suelo.

–Sara –el sonido de su nombre hizo que se parara en seco.

–¿Sí? –ella lo miro con una sonrisa forzada y, aunque quería taparse, sabía que para salir de ese asunto con el corazón intacto, tenía que ser tan fría y sofisticada como Guido.

–Tengo que atender esta llamada –dijo él mientras señalaba hacia el teléfono de la habitación–. Llama al servicio de habitaciones y pídeme un par de bocadillos y un café, cariño –sin esperar respuesta, se dirigió al cuarto de baño con el teléfono pegado a la oreja.

Sara quería preguntarle de qué había muerto su última esclava, pero en su lugar, se puso la ropa interior y llamó. Podría haber sido peor. Podría haberle pedido que se deshiciera del preservativo.

Dos minutos más tarde había encontrado el bolso y las sandalias en el salón, y estaba a punto de recoger el vestido del suelo del dormitorio cuando Guido salió del cuarto de baño.

—Ahora me toca a mí –dijo ella mientras se apresuraba a entrar en el cuarto de baño.

Sara contempló su reflejo en el espejo y apenas se reconoció. ¿Qué había hecho? Tenía el cabello revuelto, los labios hinchados y unas cuantas marcas rojas en el cuello y los pechos. La respuesta era bastante evidente, pensó ella mientras intentaba reparar los daños. Cuando volvió al dormitorio, su aspecto era impecable, pero en su interior era un amasijo de emociones.

—Estás vestida –Guido aún seguía al teléfono, pero interrumpió la conversación el tiempo suficiente para dirigirse a ella.

—No quiero alegrarle la vista al camarero cuando traiga el pedido.

Guido rio y Sara se dirigió hacia el salón.

La comida llegó y Sara paseó arriba y abajo por la estancia. Al cabo de un rato, se sentó y se sirvió un café. Los tiempos en que ella paseaba impaciente por Guido habían terminado.

Cuando Guido se reunió con ella, afortunadamente vestido con un albornoz, ella ya había conseguido controlar sus emociones.

—Perdóname, Sara –murmuró mientras se sentaba a su lado y le besaba la cabeza–, pero era importante –entre bocado y bocado, siguió con su explicación–. Desgraciadamente tengo que estar en Hong Kong mañana por la tarde y, con las ocho horas de diferencia, tendré que marcharme esta noche.

—Lo entiendo –dijo ella con dulzura mientras recogía el bolso y se ponía en pie–. Da la casualidad de que esta noche tengo una cita con un cliente, a las ocho. Tengo que irme.

—¿No es un poco tarde? –Guido hizo una pausa

con el bocadillo en la mano, mientras la expresión de satisfacción desaparecía lentamente de su rostro.

–Vamos, Guido, estoy segura de que tú también celebras cenas de negocios.

–Sí, claro –él no podía negarlo, aunque lo deseara–, pero me sorprende que hayas organizado una comida de negocios y una cena el mismo día. Pensaba que las mujeres siempre estabais preocupadas por vuestra línea.

–En realidad, no se trata de una cena –Sara rio–. Mi cliente es dueño de un club nocturno y su jornada laboral comienza a las ocho de la noche. Me reuniré con él allí.

Guido frunció el ceño mientras dejaba el bocadillo, a medio comer, sobre el plato. Sentía una extraña opresión en el pecho.

Indigestión, impaciencia, ira, o simplemente celos... algo que jamás había experimentado y que se negaba a admitir.

–¿Un club nocturno? –preguntó secamente.

–Sí. Ya sabes, un sitio de esos donde la gente baila y se divierte. Uno de esos lugares que sueles frecuentar tú, de ser cierto lo que se publica en la prensa. Te daré mi nuevo número de teléfono –ella sacó una tarjeta del bolso–. Llámame cuando vuelvas.

Guido hizo una mueca y se puso en pie. Todo lo que ella había dicho era perfectamente razonable. Y, de todos modos, tenía que marcharse. Pero había pensado que...

–Espera, me vestiré y te llevaré a casa en un taxi.

–No hace falta, de verdad –insistió ella mientras lo besaba en la boca.

Él la atrajo hacia sí. A lo mejor todavía daba tiempo... pero ella se soltó de inmediato. Él la retuvo y la besó con una despiadada y posesiva pasión.

–Por si tienes alguna duda, Sara –dijo él con una burlona sonrisa–, eso ha sido un recordatorio de que serás mía durante los próximos doce meses, y no lo olvides –tras lo cual, la soltó.

–Como si pudiera –susurró ella casi imperceptiblemente mientras se dirigía a la puerta. Luego, se volvió y añadió–: Que tengas un buen viaje, Guido.

La retorcida sonrisa de Sara aún preocupaba a Guido mucho después de que ella se hubiese marchado.

Lo primero que hizo Sara en cuanto llegó a su casa fue llamar a Pat. Cuando colgó, diez minutos después, supo que su suerte estaba echada. Pat y Dave contaban con el dinero de Guido y daban por hecho que el trato se cerraría. Sara no fue capaz de desilusionar a su amiga y contarle que era una apestosa mofeta chantajista.

Aunque no era el aroma de una mofeta lo que sintió sobre su piel al desnudarse, sino el aroma almizclado y masculino de Guido. Se duchó y lavó a conciencia cada centímetro de su sensible piel. Pero, por mucho que frotara, no podía lavar lo que él le había hecho sentir.

Se metió en la cama y se tapó por completo, en un intento de esconderse de sus tortuosos pensamientos. Lágrimas de miedo y rabia quemaban sus ojos, pero ella se negaba a llorar. Ya había llorado bastante por Guido. En cuanto a la rabia, tuvo que reconocer que estaba dirigida tanto contra Guido como contra ella misma. Porque, a pesar del chantaje, había una incuestionable verdad: ella aún lo deseaba. No podía evitarlo.

¿Cuándo dejaba un chantaje de ser chantaje? ¿Cuando la mujer consentía? Por lo menos, solo iba a durar doce meses como mucho. Pero, ella sabía que no era ningún consuelo…

Al día siguiente en la oficina, cuando Billy Johnson llamó para organizar una reunión, Sara estuvo tentada de rechazarlo como cliente. Pero cambió de idea. Estaba condenada a ver a Guido mientras a él le apeteciera. ¿Por qué no sacar alguna ventaja económica de todo eso?

Un viernes por la noche, casi cuatro semanas más tarde, Sara volvió al hotel e ignoró la sonrisa burlona del recepcionista mientras firmaba el registro y tomaba una llave. Guido había llamado antes para anunciar que se retrasaría, y para pedirle que lo esperara en la suite.

–Maldita sea, Sara –había exclamado él ante los intentos de protesta de ella–, haz lo que te digo. Ya voy suficientemente retrasado sin que me lo compliques aún más.

Ella entró en la suite y se dirigió al dormitorio. Mientras dejaba caer la bolsa de viaje sobre la cama, echó un vistazo a su alrededor. El escenario de su perdición…

Tras la vuelta de Guido de Hong Kong, aquel primer viernes por la noche, ella se había reunido allí con él, y no había abandonado la suite hasta el lunes por la mañana. Aunque Guido había intentado persuadirla para que se quedara hasta el lunes por la noche.

Ella se había negado, permaneciendo fiel al acuerdo. Era la única manera de controlar en alguna medida aquel asunto. Lo que era incapaz de controlar era su traicionero cuerpo. Guido le hacía el amor con una pasión aparentemente insaciable que le hacía enloquecer. Pero, con cada fin de semana, su deseo por él crecía. Ella apenas se reconocía.

Con una amarga sonrisa en los labios, tuvo que admitir que se había convertido en una adicta al sexo, al menos eso esperaba. Cualquier sentimiento más profundo conduciría al desastre.

El fin de semana anterior, cuando él le había pedido que se reunieran en Italia, ella se había negado, de modo que él se había trasladado a Londres. Para su sorpresa, la había llevado a cenar, junto con Pat y Dave. Sus amigos estaban encantados con el trato que habían firmado y lo habían celebrado juntos. Únicamente Sara sabía que era la manera de Guido de demostrarle que había cumplido con su parte del trato al pie de la letra, y que esperaba que ella hiciese lo mismo. Lo cual había hecho al pasar la noche del sábado, y la mayor parte del domingo, en su cama, antes de que él partiera hacia Nueva York.

Sara suspiró y se dirigió al cuarto de baño donde se desnudó y, tras ducharse, volvió al dormitorio. Se puso un camisón de raso azul, regalo de Guido, y volvió al salón para esperar... «preparada para su deleite», pensó con disgusto ante la cínica en que se había convertido.

Guido se acercó a la recepción y se registró. Se sentía frustrado, cansado y enfadado. Tenía previsto haber llegado a las seis, pero ya eran las diez.

–¿Ha llegado ya mi invitada? –preguntó al recepcionista.

–¿La señorita Beecham? Sí, señor.

–Muy bien. Nos quedaremos únicamente una noche, no tres como estaba planeado –informó al joven antes de dirigirse al ascensor.

Guido se mesó los cabellos mientras se apoyaba contra la pared del ascensor. La relación con Sara empezaba a hacer estragos en su vida profesional. Era el tercer fin de semana seguido que volaba a Londres, y le resultaba muy incómodo. Al día siguiente le entregaban las llaves de un apartamento en Mayfair que facilitaría algo las cosas. No le gustaba vivir pegado a una maleta, aunque tampoco resolvería el problema del todo.

Había intentado convencer a Sara para que se reuniera con él en Italia el fin de semana anterior, pero ella se había negado en redondo. Era todo lo que él pudiera desear en la cama, pero terca como una mula cuando se trataba de alterar el trato. Él había vuelto a Londres el sábado anterior junto con Pat y Dave, cuando hubiera sido mucho más sencillo reunirse en Nápoles, donde estaba fondeado el yate de Dave. La noche del domingo había volado a Nueva York, hasta el martes, y los últimos tres días los había pasado en Nápoles junto a su padre, que había sufrido una operación a corazón abierto en un último intento por reparar su corazón enfermo.

Pero lo que más le preocupaba era la conversación mantenida con Aldo la noche anterior a la operación de su padre. Ya no sabía a quién creer.

Sara oyó la puerta y se puso en pie mientras fingía una sonrisa, furiosa por la tardanza de Guido.

Guido dejó caer la maleta en el suelo y se acercó a ella, vibrante y poderosamente masculino.

—Al final lo conseguiste —dijo ella, mientras se preguntaba si su abogada amante le había retenido en Nueva York. Pero no mostró sus celos al levantar la cabeza para recibir el beso.

—Lo siento, cariño, el retraso fue inevitable —dijo él mientras la abrazaba por la cintura y la atraía hacia sí para besarla con una pasión profunda y casi desesperada que ella no podía rechazar—. Tuve que acortar mi estancia en Nueva York y quedarme unos cuantos días en Nápoles mientras operaban a mi padre. Por suerte, todo ha salido bien.

De modo que no había estado toda la semana con Margot. Sara se odió por sentirse aliviada. En cuanto al padre, se sorprendió de que él lo hubiera mencionado. Su relación no era personal, simplemente sexo. Guido jamás hablaba de su familia, y ella nunca preguntaba.

—Ya se encuentra bien. Y Aldo te manda recuerdos.

—Que amable por su parte —dijo ella con calma.

—Ya, bueno, Aldo es un tipo muy amable —dijo Guido—. Mucho más que yo, al parecer. Hazme un favor y prepárame un whisky con soda, y llévamelo al cuarto de baño. Necesito una ducha.

Mientras se desnudaba, cayó en la cuenta de que Sara no había mostrado la menor simpatía hacia su padre. Debería estar enfadado con ella, pero Sara tampoco le había dado el pésame por la muerte de Caterina, y después de lo que Aldo le había contado, no le sorprendía.

Mientras abría la ducha, cerró los ojos y dejó que el agua empapara su orgullosa cabeza. Deseaba no haber mencionado el reencuentro con Sara a su hermano.

Por primera vez en su vida, su fe ciega, su confianza en percibir cualquier situación había sufrido un duro revés. Según Aldo, Sara había sido una buena amiga para él y Marta. A menudo les había llevado de paseo en coche para que pudieran verse sin que el resto de la familia lo supiera. Sobre todo porque Caterina había amenazado a Aldo con revelarle a su padre la relación que mantenía con la hija del tabernero. Según Caterina, la chica estaba muy por debajo del nivel social de la familia.

Y eso tenía gracia, había dicho Aldo, de ser ciertos los rumores sobre la relación de Caterina con el jardinero que había encontrado a Sara inconsciente. A Guido no le había hecho gracia. Jamás había escuchado esos rumores, seguramente porque trabajaba dieciocho horas al día.

Después, Aldo había dejado caer que Guido había estado ciego en lo referente a Caterina. No le culpaba de ello porque su hermano solo tenía seis años cuando Caterina, un año menor, se había instalado en la casa, y se había acostumbrado a sus adulaciones. Según Aldo, esa era la razón por la que Guido trataba a las mujeres con tanta ligereza. Esperaba recibir su adoración sin tener que realizar el menor esfuerzo.

Para Guido, oír esas verdades en boca de su hermano pequeño no le había resultado nada agradable. Pero lo peor estaba por llegar.

Aldo opinaba que Caterina siempre se había considerado el bebé de la familia, alentada por todos. Y cuando Aldo nació cuatro años más tarde, ella se volvió muy celosa contra él, de hecho no disimulaba su animadversión, y Aldo había aprendido a evitarla. Solo se mostraba amable con él cuando Guido estaba delante, y su hermano pequeño no comprendía cómo no se había dado cuenta de lo posesiva que era con respecto a él.

–Venga ya, Aldo –Guido se había echado a reír–. Era como una hermana para mí, nada más.

–Pues menuda hermana –había contestado Aldo–. Os vi besaros en Nochevieja antes de que te marcharas a Londres, y no era un beso fraternal. Ella casi te devora entero. Se puso furiosa cuando viniste a casa con tu embarazada esposa y se comportó como una cerda con Sara, haciéndole la vida imposible cuando tú no estabas. Tenía un lado maligno. ¿Recuerdas el perrito que me regalaron cuando cumplí ocho años? Pues, un día iba yo corriendo tras él cuando vi a Caterina arrojarle por la terraza de un puntapié digno del mismísimo Pelé.

Guido había escuchado con creciente horror las palabras de Aldo.

–Después de que Sara perdiera al bebé, Marta y yo fuimos a verla al hospital. Aconsejé a Sara, por experiencia propia, cómo evitar a Caterina y a papá. Ella sentía auténtico terror por los dos, y no me extraña el modo en que se largó. Eso es lo que pienso –había concluido Aldo.

Guido respetaba a su hermano menor, aunque no se parecían en nada. Aldo se había sentido fascinado por los camiones y la empresa de transportes desde niño y jamás había pensado en dedicarse a otra cosa. Se había enamorado a los quince, se había mantenido fiel a su chica y, en esos momentos, estaba casado con ella. Llevaba extraordinariamente bien la mayor parte de la división de transporte desde la oficina de Nápoles, y era completamente feliz con su vida. No era dado a fantasear, por lo que Guido tenía que tomarse sus palabras en serio.

Siempre consideró a Caterina como una hermana, nada más, y ya había olvidado aquella Nochevieja y el apasionado beso de Caterina, que él había atribuido al alcohol, pero ya no estaba seguro… Aunque ni por un instante podía creerse que Caterina hubiera empujado a Sara por las escaleras, tuvo que reconocer que debía haberse comportado muy mal con ella. No era de extrañar que se hubiera mostrado confusa y paranoica tras el accidente.

A la mañana siguiente, Guido no había podido aguantarse más y le había pedido a su padre que le volviera a relatar lo dicho por Sara al abandonarlo. Quizás debido a la proximidad de la operación, su padre le había confesado que Sara jamás había exigido dinero para mantener la boca cerrada. Él se lo había inventado para suavizarle a Guido el golpe de su abandono. Sara solo había dicho que el matrimonio había sido un error desde el principio y le había pedido algo de dinero para poder volver a Inglaterra y reanudar su vida.

Guido no podía dejar de pensar que, a lo mejor, se había equivocado con respecto a Sara. En cuanto a Caterina, no quería pensar en ella. Cortó el agua y salió de la ducha.

Capítulo 9

S U whisky, señor –Sara le ofreció un vaso mientras admiraba la figura desnuda.

El camisón de raso azul le llegaba a los pies y se sujetaba a los hombros por unos finos tirantes. El escote del corpiño llegaba hasta el ombligo.

Guido aceptó el vaso y se lo bebió de un trago mientras la agarraba por la cintura. Dejó el vaso en la mesa más cercana y hundió sus manos en los sedosos cabellos de ella, antes de sujetarle la nuca para besarla, desesperado por saborear sus sensuales labios, por hundirse en su cuerpo.

–Me gusta el camisón –dijo él mientras la miraba a los ojos y deslizaba un dedo bajo el tirante.

–Me lo compraste tú –Sara se quedó sin aliento ante el contacto del cuerpo, húmedo y ardiente contra su piel, que provocó un incendio en su interior. Lo miró a los ojos y vio deseo… y algo más que no supo reconocer.

Durante los dos fines de semana anteriores, Guido le había regalado algunas prendas de lencería, escandalosamente caras, y ella se las ponía como una especie de defensa contra las abrumadoras emociones que despertaba en ella. Le bastaba con mirarse al espejo para saber que no era la verdadera Sara la que compartía cama y cuerpo con ese hombre, solo era la Sara que él quería que fuese. Así conseguía preservar su propia identidad.

—Tengo buen gusto —murmuró él—. Y, *Dio*, cómo necesito sentirte —gruñó mientras soltaba los tirantes del camisón, que cayó al suelo, mientras le acariciaba los pechos.

Guido inclinó la cabeza e introdujo uno de los perfectos pezones en su boca, provocando un temblor en Sara, que alargó las manos para abrazarlo por los hombros mientras él le proporcionaba el mismo placer sobre el otro pezón.

De inmediato, ella se sintió arder de deseo por él. Sus fuertes manos la levantaron y él la empujó contra la pared mientras ella le abrazaba la cintura con las piernas. El rostro de Guido era la viva imagen del deseo y sus dedos se hundieron sin piedad en el cuerpo de ella. Sara gritó cuando él pasó por alto los preliminares y se introdujo violentamente en el cuerpo de ella. La llenó, la poseyó y la volvió loca hasta que se convulsionó mientras él derramaba la semilla en su interior.

—¿Te he hecho daño? —preguntó él mientras la dejaba, lentamente, en el suelo.

—Me has sorprendido —Sara suspiró profundamente. Era la primera vez que veía a Guido perder el control—, pero no me has hecho daño.

—Gracias, Sara.

¿Por qué le daba las gracias? Sara aún se lo preguntaba cuando él la llevó hasta el dormitorio.

Guido la tumbó suavemente sobre la cama y se acostó a su lado mientras le alisaba los cabellos sobre la almohada.

—Sueño con tu pelo así —murmuró él—. Sueño con tu cuerpo así —continuó mientras, con gran ternura, le acariciaba los hombros, los pechos, el estómago, los muslos… sin dejar de depositar pequeños besos sobre los ojos, nariz y labios, despertando de nuevo su excitación.

Lo que siguió fue la experiencia más tierna y erótica de su vida. Lentamente, casi con adoración, Guido la tocó, le susurró palabras que ella no entendía. Ella acarició su rostro, su espalda, todo su cuerpo, con una libertad que casi nunca se había permitido antes, y el placer no hizo más que intensificarse. Cuando al fin se unieron, las estremecedoras sensaciones crecieron hasta una increíble tensión, y al alcanzar juntos el clímax, fue tan intenso que Sara pensó que moriría de placer. Durante un instante, ella dejó de respirar.

Al sentir el maravilloso y tembloroso peso de Guido sobre ella, abrió los ojos y se encontró con unos ojos negros que la miraban con una extraña, y casi vulnerable, intensidad que ella no había visto jamás. A sus labios afloraron palabras de amor y consuelo.

Consuelo… la incongruencia de la idea hizo que las palabras de amor quedaran atascadas en su garganta. Se trataba de Guido, su exmarido, y amante chantajista. Necesitaba tanto consuelo como el mismísimo diablo.

¿Acaso se había vuelto loca? No, reconoció con una repentina angustia. En su fuero interno, bajo la sofisticada imagen que mostraba ante Guido, bajo el temor y el resentimiento, todavía lo amaba, y seguramente siempre lo haría. Todo el mundo decía que tenía el mismo carácter que su madre, aunque físicamente no se habían parecido en nada. De modo que, a lo mejor estaba condenada, al igual que su madre, a amar únicamente a un hombre.

—Pesas mucho —dijo ella mientras se retorcía bajo su cuerpo. No lo había dicho solo físicamente. Sara tenía el horrible presentimiento de que Guido pesaría enormemente sobre su corazón para siempre, pero él nunca debía saberlo.

—Y tú eres un cielo —contestó él mientras la abrazaba y la atraía hacia sí con una pierna apoyada en los muslos de ella–. Quiero hablar contigo –dijo mientras la miraba con ojos oscuros y serios–. Cuando estuve en Nápoles, hablé con Aldo. Me dijo que te enviara sus mejores deseos, y los de Marta, y que te daba las gracias una vez más por ayudarles cuando empezaron a salir juntos.

–Eso es muy amable por su parte –dijo Sara con cautela, sin saber de qué iba la conversación.

–También me contó algunas cosas. Al parecer, yo estaba ciego con respecto a Caterina. Me tragué la actuación de prima devota, pero él conocía a una Caterina distinta… ella no lo quería porque Aldo había usurpado su lugar como pequeña de la familia y se portaba muy mal con él cuando yo no estaba delante –Guido hizo una mueca–. También me dijo que te trataba fatal y que no le había sorprendido que te volvieras corriendo a Inglaterra –los oscuros ojos escudriñaron el rostro de Sara, pero ella no dijo nada–. Si eso es cierto, podría haber influido en la confusión que sufrías en aquella época. Y te debo una disculpa por no haberme dado cuenta del comportamiento de Caterina, y por no haberte cuidado como un buen marido.

Sara sabía que Guido hablaba en serio, pero no le pasó desapercibido que no mencionara la afirmación de ella sobre que Caterina la empujó por las escaleras. Eso jamás lo creería.

–Dado que Caterina está muerta, ya no importa. No te preocupes más por eso –dijo ella.

–¿No tienes nada más que decir?

–Así es… –ella intentó incorporarse.

–No, espera. Aún no he terminado. Tengo otra confesión que hacerte.

Ella contempló sus marcados rasgos. Parecía como si hubiera mordido un limón y estuviese dispuesto a tragárselo. Los intentos de Guido por mostrarse humilde le hicieron sonreír.

–Hablé con mi padre antes de la operación y confesó que jamás habías amenazado con acudir a la prensa, para acusar públicamente a Caterina, con el fin de sacarle dinero. Se lo inventó para que el golpe por tu abandono no fuera tan duro para mí… y se disculpó por ello.

–¿No me digas? –preguntó ella con una sonrisa sarcástica–. Qué alivio.

–El sarcasmo no encaja contigo, Sara. Y, para ser justo, no me contaste toda la verdad el otro día. Dijiste que mi padre te había amenazado para que te marcharas. Y eso jamás sucedió.

Ella debería haberse imaginado que la escena de humildad de Guido no podía durar mucho tiempo. Él no era así.

–Al contrario. Me dijo que había intentado convencerte para que te quedaras, y que te prometió que haría todo lo posible para que estuvieras bien atendida cuando yo no estuviese allí. Pero tú insististe en marcharte, y le pediste dinero para poder instalarte en Inglaterra. Podías haberme dicho que querías dejarme. A lo mejor eras demasiado joven para casarte.

–A ver si lo he entendido –Sara se sentó mientras se soltaba de su abrazo–. ¿Ya no piensas que le pedí dinero a tu padre para mantener la boca cerrada? –ella sonrió tímidamente. Ahí estaba él, sin asomo de remordimiento, actuando como si le hiciera un favor al admitir que se había equivocado, un poco, sobre ella, y se sintió maravillada ante la poco ingeniosa, aunque sutil, explicación de su padre.

Su padre le había contado a Guido que le había dicho a ella que se encargaría de atenderla adecuadamente, y eso era exactamente lo que había dicho… mientras llamaba al médico.

–Piensas que me marché porque era demasiado joven para el matrimonio y que pedí dinero para empezar una nueva vida ¿Lo he entendido bien?

–Sí, aceptaste el dinero y te largaste.

–¿Recuerdas el último día que pasamos juntos? –preguntó ella mientras la rabia y la amargura la asfixiaban. Iba a sincerarse de una vez por todas–. Después de comer, te seguí hasta el dormitorio, donde me hiciste el amor por primera vez en seis semanas. Entonces, apareció Caterina. Se disculpó por la irrupción, pero se iba a la ciudad y quería despedirse de ti, ya que te ibas a Nueva York aquella noche… algo que te habías olvidado de contarme. Discutimos. Tú estabas furioso y, más tarde, cuando te marchabas, me derrumbé y te supliqué, llorando, que me llevaras contigo. Tú te negaste y te dirigiste a tu padre. Por el poco italiano que sé, comprendí que le pedías que me cuidara. Después me dijiste que a lo mejor nos vendría bien pasar algún tiempo separados… que así podría tranquilizarme, y que me llamarías cuando fueras a regresar.

–Hacía poco que habías salido del hospital y estabas algo histérica. Alguien tenía que encargarse de la situación y yo tenía que marcharme.

–Eres increíble, Guido –Sara salió de la cama y se limitó a mirarlo, sin importarle su propia desnudez–. Cuando volvimos a encontrarnos, estabas convencido de que solo me había roto el brazo y sufrido algunas magulladuras tras caerme y perder el bebé, y que había mentido: a ti, al médico, a todos, para pedirle dinero a tu padre y volver a casa. Ahora reconoces que tu versión no era del todo exacta. En tu nueva versión, yo estaba un poco desequilibrada por culpa del aborto, y la situación había empeorado por el hecho de que Caterina no fuera demasiado amable conmigo. De modo que, aunque aceptas que no amenacé a tu padre con ir a la prensa, sigues pensando que «estaba algo histérica», y por eso le pediste a tu padre que se encargara de todo.

–*Dio mio*, ojalá no se lo hubiera mencionado a Aldo... ojalá no hubiese destapado la lata de los gusanos –gruñó él mientras se sentaba en la cama.

–Me alegro de que hayas mencionado a los gusanos –le espetó Sara–, porque eso es precisamente lo que fuiste. Un gusano viscoso que permitió que su padre hiciera el trabajo sucio. Le pediste que se deshiciera de mí y eso hizo. Y antes de que lo niegues, permíteme que te recuerde que, cuando volvimos a vernos, me dijiste que si me hubiese quedado más tiempo, habrías pagado más dinero por deshacerte de mí.

–¿En serio piensas que quería deshacerme de ti? –preguntó mientras miraba su enrojecido rostro con los ojos entornados.

–Sí.

Él cerró los ojos y Sara lo vio palidecer, pero le importaba un bledo.

–Podrás cerrar los ojos ante la verdad, pero no conseguirás que desaparezca. Y ahora que lo hemos aclarado, necesito un trago –dijo ella mientras salía de la habitación y él se quedaba sentado en la cama.

De la felicidad total a la amargura más completa en diez minutos, pensó Sara mientras se servía un whisky y lo bebía de un trago. Dejó el vaso sobre la mesa y respiró hondo. El alcohol irritó su garganta y empezó a toser; los ojos empezaron a llorarle.

Sintió dos brazos que la rodeaban y una mano que acariciaba su cabeza y la apoyaba contra un fuerte y cálido pecho.

–Por favor, Sara, no llores. No soporto ver llorar a una mujer.

–No estoy llorando –balbuceó ella indignada mientras levantaba la cabeza–. No lloraría por ti aunque fueses el último hombre sobre la faz de la tierra –los ojos azules echaban chispas–. El whisky se me fue por otro lado, pedazo de zoquete.

Para su sorpresa, Guido soltó una carcajada.

–¿Qué te hace tanta gracia? –preguntó ella.

–Tú, *cara*. Me llamas lo primero que se te ocurre sin ningún temor. Cerdo, puerco, y ahora zoquete. Deberías cuidar más tu lenguaje. Cualquier otro podría ofenderse.

–No insulto a nadie más –respondió ella–. Tú eres el único que me provoca.

Guido la contempló detenidamente. Tenía la cabeza echada hacia atrás, los perfectos pechos levantados y las largas piernas firmemente plantadas y separadas. Estaba completamente desnuda y rezumaba frustración. A Guido le faltaba el aire, *Dio!* Qué excitante resultaba. La mujer más vibrante, sexy, la más bella… y era suya. Una oleada de deseo mezclado con excitación lo invadió.

–¿Y sabes por qué, Sara? –respondió con una suprema confianza masculina–, porque soy el único hombre que te excita hasta el punto de no poder controlarte, y reaccionas como puedes.

Ella vio el triunfo reflejado en sus ojos mientras la recorría con la mirada y, de repente, fue consciente de su desnudez, mientras que Guido llevaba puesto un albornoz. Además, él tenía razón, y eso le ponía furiosa.

–¿Desde cuándo eres psiquiatra? –ella sacudió la cabeza–. Piensa lo que quieras, es lo que sueles hacer. Tengo que ir al baño –dijo mientras entraba al dormitorio, camino del cuarto de baño, y echaba el cerrojo.

Sara había huido. Pero, tras admitir que seguía enamorada de ese arrogante demonio, se sentía demasiado débil para discutir con él. Le aterraba mostrar sus verdaderos sentimientos. Se lavó la cara con agua fría, se alisó los cabellos y se puso un albornoz que estaba colgado detrás de la puerta. Recogió el camisón del suelo. La bonita prenda había perdido cualquier poder de protección que ella había imaginado que tuviera. Estaba indefensa. Amaba a Guido, a pesar de que no se merecía su amor. Volvió al dormitorio.

–Te estaba buscando –Guido estaba de pie en medio del dormitorio.

–No es fácil perderse en esta suite –ella hizo una mueca–. Empiezo a conocer este lugar tan bien como mi apartamento –dijo mientras recogía su bolsa y metía en ella el camisón. De repente, una idea cruzó su mente–. No utilizaste protección –balbuceó–. Antes… en el baño.

–Eso ya no importa –él se encogió de hombros–. Estás tomando la píldora. Vamos a la cama –añadió mientras alargaba una mano.

–Sí que importa, por razones de salud –espetó ella, mientras ignoraba la mano extendida. Pensó en Mai Kim y Margot y, a saber cuántas mujeres más compartirían los favores de Guido en todo el mundo, además de las otras parejas de ellas…

–Confío en ti, Sara –él sonrió–. Sé que no te has estado acostando por ahí con otros.

–¿Y qué pasa con Peter?

El muy canalla con su enorme arrogancia. Confiaba en ella…

–¿Que qué pasa? –él abrió los brazos–. Me encontré con él cuando estuve en Hong Kong. Nunca fue tu amante.

–¿Tuviste el valor de preguntárselo? –balbuceó iracunda–. ¿Cómo te atreves?

–Le invité a tomar una copa. El sake puede resultar muy fuerte si no estás acostumbrado. Me informó voluntariamente de todo –Guido tuvo el valor de volver a sonreír.

–Pues enhorabuena. De modo que descubriste que no tuve ningún amante después de ti –la rabia había hecho que le proporcionara más información de la deseada, y eso la enfureció aún más.

La sonrisa de Guido se hizo más amplia, y una extraña emoción le oprimió el pecho.

–Pero el problema es –continuó ella con amargura–, que tú no puedes decir lo mismo. Lo sé todo sobre Mai Kim en Hong Kong, y tu amiga abogada en Nueva York, además de la modelo de Italia, todo ello por cortesía de Peter. Parece que tras unas cuantas copas siente la necesidad de decir la verdad. Pero si sumas todas tus amantes, y sus respectivas parejas, yo no puedo confiar en ti –declaró con amargura–. Valoro demasiado mi salud.

La transformación fue increíble. Guido tenía el rostro tan congestionado de ira que Sara temió por su integridad. El aire entre ellos estaba cargado de tensión.

–¿Tú te atreves a hablarme así? –rugió Guido con una furia que jamás había sentido.

Ya era malo que Sara conociese la lista de sus antiguas amantes, pero que se hubiera acostado con él mientras pensaba que él tenía otras amantes, era demasiado insultante. Él se enorgullecía de ser monógamo mientras que durara la relación, por muchas que fueran las tentaciones. Pero lo peor era que lo único que le preocupaba a Sara sobre sus otras supuestas relaciones era el efecto que pudiera tener sobre su salud. En cuanto a su falta de confianza en él...

–¿Te atreves a insinuar que soy un descuidado con mi salud sexual y la tuya? –la injusticia lo enfureció y la agarró con fuerza por los brazos–. ¿En serio piensas que me he ido a la cama con un montón de mujeres al mismo tiempo?

–Sí, pero no creo que haya sido para dormir –respondió Sara con ironía.

–Y aun así te acuestas conmigo –él le agarró la barbilla y la miró furioso–. ¿Qué demonios dice eso de ti? –preguntó con desprecio.

–Soy aquello en lo que tú me has convertido –Sara respiró hondo. Seguía siendo el mismo cerdo arrogante que cuestionaba su moralidad cuando él carecía por completo de ella–. Aquello que tú quieres que sea cuando vienes a Inglaterra. Un acuerdo de negocios, nada más. De modo que cálmate. Te conozco demasiado bien. Cielos, ¿te crees que me gusta venir a este hotel todos los fines de semana? ¿Te crees que no me fijo en la mirada del recepcionista cada vez que firmo el libro de registro? Es más, me extraña que los de seguridad no me hayan parado antes para cuestionar mi moralidad. Y ahora me dirás que no te acuestas con Mai Kim y las demás… –ella vio el sutil cambio en los oscuros ojos, de ira a recelo, y sonrió–. La manera en que me llamas «cariño», te delata. Es el típico truco de un hombre que no es capaz de recordar los nombres de todas sus mujeres. Por favor, no me hagas reír…

–Jamás en mi vida he sentido menos ganas de reír – él la miró a los ojos y, de repente, la atmósfera cambió.

Ella tenía razón sobre la sordidez de reunirse en el hotel, y a Guido no le gustaba colocarla en esa situación. También era consciente de que Sara era la única mujer a la que había llamado «cariño» y, de repente, se le ocurrió que a lo mejor él era parcialmente responsable del cinismo mostrado por ella.

–En cuanto a lo demás –murmuró él mientras le acariciaba el contorno de los labios y, con la otra mano, la sujetaba por la cintura para atraerla hacia sí–, no voy a negar que he conocido a otras mujeres, Sara, pero sí puedo decir que tu amigo Wells y la prensa se equivoca. Jamás he tenido más de una amante a la vez. Desde que volvimos a encontrarnos, tú has sido mi única amante, y no quiero otra amante más que tú.

Guido hablaba con tal convicción que Sara quería

creerlo. Observó el deseo en los oscuros ojos, y lo sintió en la dureza que se oprimía contra ella mientras sus bocas se unían. No importaba que le creyera o no. El beso de Guido bastó para provocar la tremenda necesidad que ella sentía por ese hombre.

Cuando él deslizó una mano por debajo del albornoz para acariciar uno de sus pechos, ella tembló. El aroma masculino la inundó. Su sabor tuvo el efecto de una droga, y ella era una completa adicta. Sin querer, Sara se abrazó a su cuello para mantenerlo pegado a ella.

Guido miró el azorado rostro con sus oscuros ojos y luego siguió hacia abajo, hasta los voluptuosos pechos. Ella era muy ardiente y receptiva, pero, aun así, no confiaba en él. ¿Por qué le preocupaba tanto? ¿Por qué le había contado la verdad cuando podría haber dejado que ella creyera que se acostaba con todas esas mujeres? Era el sueño de cualquier hombre… salvo el suyo. Ella se retorció contra su cuerpo y él gimió. De repente se dio cuenta de que su único sueño era tener a aquella mujer en sus brazos, y solo a ella. Una vez más, la besó…

Capítulo 10

GUIDO consultó el reloj antes de contemplar a Sara, que descansaba recostada sobre su brazo. Increíblemente, aún la deseaba después de haberle hecho el amor casi hasta el amanecer. Retiró lentamente el brazo y se levantó de la cama. Eran más de las nueve, y tenía una cita a las diez y media. Mientras obligaba a su erección a relajarse, se dirigió a la ducha.

Sara aún dormía cuando, tras ducharse, afeitarse y vestirse, Guido salió del cuarto de baño. Llamó al servicio de habitaciones, pidió el desayuno y encendió el ordenador portátil. Consultó su correo hasta que llegó el servicio de habitaciones.

Sara despertó ante el ruido del carrito y el olor del café. Guido estaba junto al carrito y llenaba una taza. Mientras ella lo observaba, él colocó un cruasán en un plato y se dirigió hacia la cama.

Estaba impecablemente vestido con unos pantalones de lino y una camisa abierta. Sus cabellos aún estaban mojados tras la ducha y tenía un aspecto increíblemente viril.

–Has madrugado –ella le dedicó una lánguida sonrisa.

–No tanto. Son las nueve y media –puso el plato sobre la mesilla y le ofreció la taza de café–. Tómate esto. Después, vístete y recoge tus cosas. Quiero salir de aquí a las diez… espero que para no volver nunca más –dijo mientras contemplaba la habitación con desdén.

Sara aceptó el café y bebió lentamente, en un intento de aliviar el tortuoso dolor que le oprimía el corazón. Guido estaba a punto de dar por terminada su relación, con la misma despiadada eficacia con que hacía todo. Obviamente, tras la discusión de la noche anterior y la maratoniana sesión de sexo, él había decidido que ya había tenido bastante de ella, y por eso quería que recogiera sus cosas y se marchara. Resultaba irónico. En cuanto había reconocido que aún lo amaba, él se había cansado de ella. Quizás había percibido la necesidad en la salvaje y desinhibida pasión de la noche anterior.

Pero, aunque todo hubiese terminado, Sara no pudo reprimirse.

–¿A qué viene tanta prisa?

–Tenemos una cita en Mayfair a las diez y media. De modo que muévete –él rio y se volvió al carrito donde llenó otra taza y se sirvió un cruasán. Después se dirigió hacia el salón–. Tengo que hacer unas llamadas, pero no tardaré.

El alivio sentido por Sara al escuchar el plural fue indescriptible, pero se limitó a beber el café y comerse el cruasán camino del cuarto de baño.

Tras ducharse y recoger sus cosas, se puso el mismo vestido con el que había llegado la noche anterior. La alternativa era una vieja camiseta y unos vaqueros, no muy apropiados para una cita en Mayfair. Veinte minutos después, entró en el salón.

Guido levantó la vista del ordenador y miró fijamente a Sara. Un rayo de sol iluminaba la perfección de sus rasgos y transformaba sus largos y sedosos cabellos en bronce. Él cerró el portátil y, como si estuviera en trance, se acercó hasta ella. Sara se quedó sin aliento.

Llevaba un vestido amarillo con unos finos tirantes que sujetaban un corpiño escotado que revelaba las curvas de sus pechos. Bajo el talle, una banda de tela blanca acentuaba su fina cintura. La falda, de color amarillo limón, terminaba justo encima de las rodillas.

–Me encanta tu... tu vestido –dijo él con voz ronca–. Estás para comerte –mientras la agarraba por los brazos la atrajo hacia sí. Le hubiera gustado hacer mucho más, pero no había tiempo.

–Es el vestido que llevaba anoche –respondió ella casi sin aliento, para satisfacción de Guido.

–Muy bonito. Ningún hombre podría resistirse. Pero debo hacerlo, o llegaremos tarde.

Sara observó a Guido acompañar a la agente inmobiliaria hasta la puerta. La mujer prácticamente se derretía a sus pies. Sara echó un vistazo a su alrededor. La puerta era de madera noble y los techos medían al menos seis metros. Había muy pocos muebles, entre ellos, tres sofás que miraban hacia una cristalera que daba a la enorme terraza. La terraza tenía la estructura de un jardín japonés, incluida una fuente, y la vista de Londres era impresionante.

El ático, con sus diez habitaciones, era espectacular. Había tres dormitorios, tres cuartos de baño, un comedor, un salón, un estudio y la cocina. Una escultura de bronce junto a la puerta, ocultaba discretamente el ordenador que controlaba todo, desde el hilo musical que recorría el apartamento, hasta la pantalla de televisión, oculta en la pared del salón. Un monitor en cada habitación controlaba desde el sistema de seguridad hasta el mecanismo para correr las cortinas.

–¿Qué te parece? –preguntó Guido mientras abrazaba a Sara por la cintura.

–Creo que encaja bien contigo –dijo ella tras mirarlo de reojo. El lugar era austero, pero atractivo, y todo estaba controlado, igual que Guido–, pero sí, me gusta.

–Me alegro. Será un maravilloso refugio de fin de semana. Se acabaron los hoteles.

–¡No lo habrás comprado solo por eso! –exclamó ella.

–No exactamente –rio él–. Como sabes, hace tiempo abrí una oficina aquí, y he estado pensando en comprar algo en Londres. Digamos que volver a verte ha sido el incentivo para decidirme –él la abrazó con una sonrisa en los labios–. ¿Qué te parece si probamos los dormitorios para ver cuál nos gusta más?

–Solo llevo dos horas fuera de la cama.

Sara se sentía recelosa. Un hotel era algo impersonal, pero compartir un apartamento podría ser mucho más peligroso para su tranquilidad mental.

–Y aunque el apartamento sea maravilloso, me he fijado que la única comida aquí es la cesta de bienvenida que contiene dos botellas de champán, una lata de caviar y unas galletitas saladas. Hace un día precioso, ¿por qué no damos un paseo para ver si hay alguna tienda por aquí?

–A mí me suele bastar con el teléfono –dijo él secamente–, pero si lo que te apetece es ir de compras, de acuerdo. Siempre que seas consciente de que vas a tener que probar las tres camas conmigo a nuestra vuelta –añadió mientras gesticulaba exageradamente con las cejas.

–Caballero, es usted incorregible –dijo ella sin poder reprimir una carcajada.

Era como volver atrás en el tiempo.

Guido la tomó de la mano mientras paseaban por la calle, igual que había hecho cuando se conocieron.

En aquel entonces, habían deambulado alegremente por el vecindario, no tan exclusivo como Mayfair, por el placer de estar juntos, parándose únicamente para tomar un café o algo de beber.

–No harás caso al conserje sobre lo de caminar hasta Fortnum y Mason para comprar comida… –ella sonrió a Guido.

–El hombre dijo que era el sitio más cercano. Después, iremos a comer. Un bocadillo anoche y un cruasán esta mañana no es alimento para un hombre de mi estatura. Además necesito recuperar fuerzas para más tarde.

Pasaron frente al Ritz y al fin llegaron a Fortnum y Mason. Guido la sorprendió con su entusiasmo por las compras y le dijo que nunca se había imaginado que comprar pudiera resultar tan divertido. Dada la elección que hizo de alimentos y vinos caros, que no se encontrarían en un supermercado normal, ella no se extrañó. Como tampoco se extrañó cuando solicitó que la compra les fuera entregada aquella noche.

Caminaron por Old Bond Street y él insistió en comprarle un vestido que ella había admirado en un escaparate, junto con un par de faldas, pantalones y blusas informales, aunque el precio no era nada informal. Ella intentó protestar, pero Guido la hizo callar con una sonrisa.

Por último, encontraron un pequeño restaurante italiano. Guido le franqueó la entrada con una reverencia y, tras entregarle las bolsas al propietario, empezó a conversar en italiano con él.

–¿Qué demonios le has dicho? –una vez sentados a la mesa, Sara miró a Guido fijamente–. Por el amor de Dios, el hombre se ha inclinado ante mí.

–No hacía más que rendir tributo a tu belleza – Guido se encogió de hombros–, a la vez que admiraba mi buena suerte.

Sara no sabía si creerle o no, pero con sus brillantes ojos negros fijos en ella, Guido parecía mucho más relajado de lo que había estado desde los inicios de su relación. Hablaron y rieron, y bebieron una botella de vino tinto con sus platos de pasta. Hablaron sobre teatro, libros, el mundo y, por un acuerdo mutuo no estipulado, evitaron cualquier mención del pasado. Guido comentó que tenía entradas para *Otelo*, que abría la temporada del Covent Garden a finales de octubre y Sara se limitó a sonreír.

Por último, Guido, con las bolsas en una mano y la otra rodeando los hombros de Sara, la llevó de vuelta al apartamento, aunque no antes de parar en un pub para tomar otra copa de vino.

Sara no recordaba la última vez que se había divertido tanto y, cuando al fin llegaron al ático, ya por la tarde, se lo dijo a Guido.

Él la tomó en sus brazos y estaba a punto de besarla cuando sonó el telefonillo. Guido gruñó y Sara, ligeramente achispada, se echó a reír cuando el conserje anunció la entrega de un pedido de Fortnum y Mason...

El pedido todavía estaba sobre la mesa de la cocina, donde Guido lo había dejado, cuando la pareja se levantó a la mañana siguiente tras probar con entusiasmo los tres dormitorios, además de la cabina de ducha con sauna. Ni siquiera se habían molestado en abrir el vapor... ellos dos habían generado de sobra.

Sara llegó tarde a la oficina el lunes por la mañana y se encontró con un enorme ramo de rosas, de parte de Guido. El rostro de ella se puso tan rojo como las flores ante los comentarios y preguntas de Jan. La cosa empeoró a medida que transcurrió la semana. La reunión organizada el viernes por la mañana con Billy Johnson fue celebrada con Guido, quien la saludó con un abrazo y un beso, sin intentar siquiera esconder su relación.

–Tu café, Sara –Jan dejó la taza sobre el escritorio–. ¿Por qué estás tan triste?

–Estamos a finales de octubre –Sara miró a su secretaria–, el tiempo es húmedo y ventoso, he engordado. Elije lo que prefieras.

–Oye, anímate. Es viernes, y tienes por delante todo un fin de semana con el maravilloso Guido.

–Sí, tienes razón –Sara sonrió antes de continuar–. Hoy me marcharé pronto, sobre las tres –tenía cita con su médico para comprobar su estado general tras tomar la píldora durante tres meses.

–No te culpo. Si yo tuviera un hombre como Guido, me pasaría horas en el cuarto de baño y ante el espejo cada vez que tuviéramos una cita –dijo Jan mientras salía del despacho.

Sara suspiró. Ojalá las cosas fueran tan sencillas como pensaba Jan. Pero no lo eran, y nunca lo serían entre Guido y ella. Sin embargo, últimamente se había permitido soñar...

· Desde que Guido había comprado el apartamento e insistido en que ella tuviera una llave, la relación había pasado sutilmente de ser una simple cuestión de sexo a algo mucho más convencional... en su mente.

Las rosas enviadas al despacho, la irrupción en la oficina cuando se suponía que estaba en viaje de negocios, su manera de saludarla con un beso delante de todos los demás, dejando así claro que eran más que amigos...

Más tarde, ella se había quejado y le había recordado que su relación no era normal, que la había chantajeado para que se acostara con él. Él había sonreído con cinismo mientras le decía, «¿Quieres decir que pago por recibir placer? Por lo que yo sé, un hombre suele pagar por la mujer de su vida de un modo u otro, ya sea su esposa o su novia, y no tengo intención de esconder nuestra relación. Más vale que te acostumbres».

Su cinismo la escandalizó, pero cuando la tomó en brazos y la besó, ella no protestó.

El viernes siguiente, él había aparecido en el apartamento de Sara justo después de que ella llegara del trabajo. Ella había evitado que fuera a su casa, pero tenía un aspecto tan infantil y orgulloso de sí mismo que no pudo negarse. Al parecer, había ido a recoger su nuevo coche deportivo aquella tarde, un coche que se quedaría en Londres, y quería dar una vuelta.

Después habían comenzado las llamadas a mitad de semana, desde dondequiera que estuviese, y durante las cuales charlaban de cualquier cosa, aunque Guido siempre terminaba hablando de sexo, o de su falta, porque ella no estaba con él...

De algún modo, en dos meses él se había infiltrado sutilmente en la vida de Sara, y ella tenía que admitir que le gustaba. Si bien las bromas de sus compañeros de trabajo eran embarazosas, no quería pensar en cómo sería el ambiente en la oficina cuando se separaran. Porque, de lo que no había duda era que se iban a separar. Pero, mientras tanto, ella hacía exactamente lo que él había dicho: vivir el presente y disfrutar... con él.

Algunas mañanas, al levantarse, se sentía mal, y la fecha límite del trato que tenían Guido y ella era como un oscuro nubarrón que siempre la acompañaba.

La idea siempre estaba presente, en un segundo plano, cuando charlaban, paseaban, iban al teatro o cenaban a la luz de las velas en algún restaurante de lujo. Estaba ahí cuando se quedaban en el apartamento a ver alguna película en televisión. Y cuando él le hacía el amor, con pasión salvaje y hambrienta, o con exquisita pericia y ternura, esa idea le impedía pronunciar las palabras de amor que surgían de su corazón. Pero Jan tenía razón. Aunque no hablaran del pasado o el futuro, ella era una chica con suerte al tener a Guido por amante...

Con ese alegre pensamiento en su mente, Sara apuró el café y se concentró en el trabajo. A mediodía comió un bocadillo en su despacho y, a las tres, abandonó la oficina tras haber completado una jornada laboral.

Dos horas más tarde, Sara salió de la consulta del médico completamente aturdida. Llegó a su casa, se dejó caer en el sofá y cerró los ojos. Era increíble, inconcebible, pero cierto.

Estaba embarazada.

El médico le había preguntado si había notado algún efecto secundario por culpa de la píldora, y ella le había explicado que, últimamente, sufría náuseas, pero nada especial. El la había examinado y, cuando le anunció que estaba embarazada, de unos dos meses, Sara rio incrédula. Era imposible. Cierto que no le había bajado la regla, pero eso seguramente se debía a que había empezado a tomar la píldora. El médico le había preguntado si había alguna posibilidad de que se hubiera olvidado de tomársela algún día, o si había vomitado, lo que habría interrumpido la protección. De repente, Sara se acordó...

¿Cómo había podido ser tan estúpida? Después de que Peter se marchara a Hong Kong, ella había dejado de tomar la píldora. Después, tras volver a encontrarse con Guido, él le había preguntado si tomaba la píldora y ella había mentido para anotarse un tanto, aunque había empezado a tomársela al día siguiente.

No podía creerse lo idiota que había sido. Guido… Guido. Sara se puso en pie de un salto. Había quedado en su apartamento a las seis.

Sara abrió la puerta con su propia llave.

–¿Dónde demonios has estado? Llevo una hora llamándote –impecablemente vestido con un traje negro, Guido paseaba por la casa como un tigre enjaulado–. Esperaba que estuvieses aquí a mi llegada. Por si te has olvidado, vamos a la ópera, y empieza en media hora.

–Lo siento. Estaba con un cliente y desconecté el teléfono –mintió ella.

–Ya, bueno… –él se acercó hasta ella y la atrajo hacia sí mientras buscaba su boca para depositar un apasionado beso de castigo–. Maldita sea. Apenas tienes tiempo para cambiarte… por no decir para cualquier otra cosa –gruñó de frustración.

Ella sabía exactamente a qué se refería, pero, por una vez, se alegró del respiro.

No podía enfrentarse a Guido. Estaba conmocionada.

Llegaron al Covent Garden con el tiempo justo. Guido la tomó de la mano y, por primera vez, ella apenas fue consciente de la fuerte presencia a su lado.

Lo único en lo que podía pensar era en que iba a tener un bebé. Desde el aborto, había deseado otro hijo. Hacía un año que había empezado a considerar seguir los pasos de su madre y optar por un donante de esperma. Y de repente, estaba embarazada.

Durante el intermedio, Sara siguió a Guido, como una autómata, hasta el bar, pero rechazó el champán y

optó por el agua mineral. Al finalizar la representación,
ella sufría un considerable dolor de cabeza. No había
comido nada en todo el día, a excepción de un bocadillo, y de inmediato pensó en el bebé. Nada ni nadie iba
a impedirle tener a ese bebé, se juró en silencio.

Guido la escoltó hasta el coche con una mano en
su codo, la ayudó a entrar y se colocó al volante, pero
no encendió el motor.

–¿Vas a decirme qué te ocurre, Sara? –preguntó
mientras la miraba de reojo.

–Nada –murmuró ella mientras percibía el gesto
contrariado de Guido.

–No me vengas con eso. Apenas has abierto la
boca en toda la noche. En cuanto a la ópera, no te has
enterado de nada –la recriminó él mientras ponía el
coche en marcha–. Tenemos una reserva para cenar –
diez minutos más tarde, Guido paró el coche frente a
un famoso restaurante–. ¿Todavía te apetece cenar?

–Sí… por supuesto –lo que necesitaba, precisamente, era comer.

–Menos mal, al fin un poco de entusiasmo –se burló él mientras entraban en el restaurante y él la ayudaba a quitarse el abrigo.

Sara atravesó cohibida el restaurante hasta llegar a la
mesa reservada. Era consciente de la tensión en Guido,
que caminaba junto a ella mientras apoyaba una mano
posesiva en su cintura, pero, sobre todo, era consciente
de las curiosas miradas de los clientes, la mayoría mujeres, hacia Guido. Seguramente se preguntaban qué hacía
con una mujer como ella cuando podría elegir la mejor,
tal y como había hecho con frecuencia en el pasado.

Se había sentido horrorizada al vestirse. El vestido
negro de punto le parecía demasiado ajustado y demasiado corto, y los zapatos negros de tacón no hacían
sino empeorar el conjunto.

En cuanto al peinado, se había limitado a cepillarse y recogerse el pelo. No llevaba joyas ni maquillaje, aparte del carmín que hacía tiempo había desaparecido. Echó un vistazo a la sofisticada clientela del restaurante y reprimió un gruñido.

–Lo siento, necesito ir al baño –dijo ella mientras el maître le sujetaba la silla.

Sara contempló su imagen en el espejo e hizo una mueca. Después, rebuscó en el bolso y encontró unas muestras de carmín de labios y rímel. Se aplicó ambas cosas y, tras sentirse ligeramente más favorecida, volvió a la mesa.

–Estás preciosa, como siempre –murmuró él.

Ella se preguntó si no estaría intentando tranquilizarla al sentir su incomodidad. Pero Guido no era una persona sensible. Se sentó en la silla que él le ofrecía y empezó a picotear el pan.

–Tengo hambre, solo he comido un bocadillo –dijo al sentirse observada–, y a diferencia de vosotros los italianos, me gusta cenar como muy tarde a las ocho.

–En ese caso, lo mejor será pedir cuanto antes –dijo él con el ceño fruncido.

Ella lo había contrariado, pero no le importaba. Tenía cosas más importantes en qué pensar.

La comida era excelente. Sara cenó una sopa casera y salmón, y terminó con un postre dulce y ligero, a diferencia del ambiente. Rechazó el vino que Guido le ofreció y apenas pudo concentrarse en nada de lo que él le decía. El embarazo ocupaba todos sus pensamientos y sus emociones alternaban entre la euforia y el terror al pensar en el bebé que perdió. Pero, junto al terror, surgió la férrea determinación de traer a ese nuevo bebé, sano y salvo, al mundo.

–Sea lo que sea que te preocupa, desde luego no te ha hecho perder el apetito –comentó Guido.

–Tenía hambre –ella lo miró a los ojos y vio un destello de irritación.

–Ya me he dado cuenta, y espero que tu apetito sea igual de voraz cuando lleguemos a casa –observó él–. Y ahora, salgamos de aquí.

Guido pagó la cuenta y le ayudó a ponerse el abrigo. Veinte minutos después aparcaba el coche en el garaje subterráneo del edificio de apartamentos. Una vez en el ascensor, se apoyó contra la pared mientras se concentraba en la belleza, algo pálida, del rostro de Sara.

–¿Vas a contarme por qué estás tan callada?

–Lo siento –murmuró ella en tono conciliador–. Es que no me encuentro muy bien.

–Estás muy pálida –admitió él mientras las puertas del ascensor se abrían.

–En realidad tengo un horrible dolor de cabeza –confesó ella mientras entraban en el apartamento y él le quitaba el abrigo.

–Esa es un excusa muy vieja, Sara –dijo él irónicamente mientras la sujetaba por los hombros–. ¿O es un hecho?

–Un hecho. No soy una gran amante de la ópera. Me gustan algunas oberturas y arias, pero una obra entera es demasiado…

–Deberías habérmelo dicho cuando te lo propuse.

–No recuerdo que me lo propusieras –dijo ella.

–Lo siento. He sido un grosero –dijo él mientras la atraía delicadamente hacia sí–. Sobre todo porque no estabas aquí cuando yo llegué. La frustración tiene ese efecto en los hombres. No sirvo para el celibato, y cinco días sin sexo es mucho – dijo antes de besarla–. Siéntate y te prepararé una de vuestras asquerosas tazas de té.

Tras dejarla sentada en el sofá, Guido se aflojó la corbata y se dirigió a la cocina.

Capítulo 11

SARA se quitó los zapatos, se recostó en el sofá y cerró los ojos. Había sido un día horrible, pero, al mismo tiempo, uno de los mejores de su vida. Estaba embarazada... iba a ser madre.

Apoyó una mano sobre el vientre y respiró hondo. En cuanto al padre, no iba a ocultarle a Guido la existencia de su hijo, pero dejaría muy claro que era el hijo de ella, y que iba a protegerlo hasta su último aliento.

–El té –Guido estaba de pie con una taza de té y dos aspirinas–. Tómatelas, te ayudarán.

–Gracias –dijo ella mientras aceptaba la taza–, pero no necesito tomar nada.

–¿Estás segura? –preguntó él con los ojos fijos en el pálido rostro–. Todavía estás muy pálida.

Después, se encogió de hombros, se sirvió un whisky y se sentó en el sofá, a su lado.

–¿Te encuentras mejor? –preguntó mientras la rodeaba por los hombros.

–Un poco.

–Bien –Guido apuró la copa y se volvió hacia ella con una sonrisa sensual–, en ese caso...

–No me encuentro tan bien como para eso –respondió Sara.

–Pues si esta noche es que no... –se inclinó para besarla suavemente–, entonces mañana por la mañana. No sirve de nada tener una relación de fin de semana si la mitad del tiempo se pasa sin sexo –dijo él con una sonrisa de amargura.

A Sara le daba igual que hablara en serio o en broma. Lo había dicho. No hacía más que corroborar lo que ella siempre había sabido: que únicamente la quería por el sexo. Y eso le facilitó enormemente las cosas.

–Yo no estaría tan segura. Puede que por la mañana no me encuentre bien –ella alzó la vista hacia Guido. Sabía que lo había enfadado, pero le daba igual. De todos modos, iba a estar mucho más enfadado cuando terminara de contarle lo que tenía que decir–. Estoy embarazada.

–¿Estás qué? –preguntó Guido mientras la sujetaba con más fuerza por el hombro. Durante un instante había sentido algo parecido a felicidad, pero enseguida se convirtió en ira.

–Ya lo has oído. Estoy embarazada.

Se trataba de la misma mujer que ya lo había atrapado una vez con el mismo truco. Guido se puso en pie tomó el vaso y lo volvió a llenar de whisky, bebiéndoselo de un trago. Sara ya lo había puesto en ridículo una vez, pero no lo haría una segunda. Con esfuerzo, logró controlarse y se dio lentamente la vuelta.

–De modo que estás embarazada. ¿Desde cuándo? –preguntó fríamente.

–El doctor piensa que estoy de dos meses.

–Muy conveniente. Eso me coloca a mí como sospechoso de ser el padre, y eso que dijiste que tomabas la píldora –rugió él. ¿Lo había tomado por idiota? Observó la tensión en los hombros de Sara y el rubor que coloreaba sus mejillas, y se preguntó qué mentiras se iba a inventar.

–Ya, bueno... sobre la píldora... la tomaba, pero dejé de hacerlo después de que Peter Wells se marchara, y volví a tomarla después de que tú y yo... –ella se ruborizó aún más–. No quería que pensaras que era la misma ingenua de siempre. Sé que fue una estupidez por mi parte.

Ella lo miró con recelo y Guido pensó que hacía bien en mostrarse recelosa si intentaba repetir el mismo truco por segunda vez.

—Según el médico, basta con no tomársela un día para dejar de estar protegida.

—Entonces, ¿exactamente qué quieres decirme? —él se acercó hasta el sofá y la agarró por los brazos para ponerla en pie—. ¿Quieres decir que estás embarazada y que el hijo es mío?

Él no podía creerse lo estúpido que había sido. No había visto las señales. Sara había rechazado el champán en la ópera, no había tomado vino en la cena, había estado muy callada, había rechazado las aspirinas. Lo había estado preparando para la gran noticia, pero él no iba a ser tan imbécil como para creerla sin pruebas.

—¿Y cuándo dices que has hecho este increíble descubrimiento? —preguntó mientras intentaba conservar la calma.

Sara tragó con dificultad. Guido la miraba fijamente a los ojos y la sujetaba con fuerza, y ella sintió miedo, pero el bebé le dio fuerzas. Ya la había intimidado una vez, pero nunca más.

—Esta tarde. Tenía una cita para comprobar los efectos de la píldora tras tres meses tomándola. Y si hubieras tenido más cuidado, esto no habría pasado. Si recuerdas, la última noche que pasamos en el hotel, en el baño… Hacen falta dos.

—¡Zorra! Zorra retorcida y manipuladora —rugió él mientras le daba un empujón.

Sara cayó sobre el sofá y observó a Guido pasearse por la habitación antes de salir a la terraza.

Ella sintió el golpe de aire frío y lo vio, de pie, con la tensión marcada en cada músculo de su cuerpo. Parecía el hombre más furioso y frustrado del mundo, y en cierto modo ella no podía culparlo. Pero, por otro lado, se alegraba. Era evidente que el embarazo le horrorizaba, y eso facilitaría mucho las cosas.

Sara se puso en pie, se calzó y recogió el bolso. Se dirigía hacia la puerta cuando la voz de Guido la obligó a pararse.

–¿Dónde demonios te crees que vas?

–Ya te he contado que estoy embarazada de tu hijo –ella se volvió y fijó sus fríos ojos azules sobre él–. Me da exactamente igual que me creas o no, pero pensé que tenías derecho a saberlo.

–No me tomes por imbécil, Sara. Si el niño es mío, volveré a casarme contigo, pero esta vez quiero una prueba de paternidad. Según tú, la noche que fue concebido fue la misma en que me dijiste que no confiabas en mí. Pues ahora quien no confía soy yo, y hasta que el bebé no haya nacido sano y salvo, no nos casaremos.

–Guido, eres increíble –Sara negó con la cabeza–. Jamás volvería a casarme contigo, ya lo he vivido y no quiero repetir. ¿Te ha quedado claro?

–Si te has creído por un momento que voy a manteneros a todo lujo durante los próximos veinte años, te equivocas. O nos casamos, o nada.

–Genial. «Nada» me va estupendamente. No aceptaría ni un céntimo tuyo. Soy perfectamente capaz de cuidar de mí misma y del bebé. Y ahora voy a llamar a un taxi para volver a mi casa.

Sara se sentía incapaz de pasar un segundo más con él. Las emociones amenazaban con desbordarla. Tenía ganas de llorar, aunque no sabía por qué. Guido había reaccionado más o menos tal y como ella esperaba. Estaba enfadado por el embarazo y aterrado ante la perspectiva de convertirse en padre. Y furioso por si le iba a costar dinero.

–De eso nada, no volverás a dejarme –rugió Guido mientras la agarraba por los hombros y la miraba fijamente. Había pasado cinco minutos en la terraza, intentando controlar su furia, pensar fríamente y decidir lo más sensato después de la inesperada noticia. Estaba furioso porque ella había sido capaz de rechazar su oferta de matrimonio, con condiciones, pero bastante razonable, según él, dado su pasado.

–Tú y yo tenemos un trato. Un año. Y me debes nueve meses. No vas a ninguna parte.

Guido estaba a punto de perder los nervios. La rodeó con sus brazos antes de deslizar una mano entre los sedosos cabellos y obligarla a levantar la cabeza para cubrir la exuberante y embustera boca con la suya propia. La besó con toda la furiosa y salvaje pasión que lo invadía. Sintió su resistencia inicial y fue consciente de lo que hacía, pero no podía parar. Después, y como siempre, sintió que la llama prendía en ella, apaciguándolo en cierto modo.

–Tenemos que hablar, Sara –murmuró, muy pegado a su rostro mientras le acariciaba la espalda. La miró a los ojos y vio la tensión en sus delicados rasgos mientras ella luchaba por contener sus emociones, y sonrió tímidamente–. Vamos a la cama. Ya se nos ocurrirá algo mañana.

Casi sin aliento tras el beso, Sara lo miró a los negros ojos. «Ya se nos ocurrirá algo». Al fin la frase alcanzó su cerebro. ¿Lo decía en serio? Una incipiente barba cubría su mandíbula y enmarcaba su sensual boca. Y sonreía… sonreía.

Sara no tenía motivos para sonreír. Si se quedaba junto a Guido sería como vivir en el infierno. Recogió el bolso del sofá.

–Debes estar de broma.

–Sara… –él intentó agarrarla, pero ella se escabulló.

–Te he dicho que estoy embarazada. Misión cumplida. En cuanto a tu maravilloso trato, olvídalo, porque yo ya lo he hecho. Pat y Dave ya tienen el dinero.

Puedes hacer lo que te dé la gana. Dudo mucho que puedan reembolsártelo. Me voy a mi casa.

Tenía que salir de allí. Sentía las estúpidas y furiosas lágrimas que quemaban sus ojos y sería el colmo de la humillación echarse a llorar delante de Guido.

No había olvidado la última vez que había llorado delante de él. Fue durante una de las peores noches de su vida, y la que había sentenciado cualquier posibilidad de relación entre ambos. Por mucho que lo amara, y ella sabía en su fuero interno que siempre lo amaría, su amor por él jamás podría superar el profundo pánico que sentía ante la idea de volver a confiar en él.

—No seas ridícula —le espetó Guido—. A estas horas no encontrarás ningún taxi —su cuerpo se tensó de ira. Tendría que haberse imaginado que Sara rompería el trato. Tendría que haberle hecho firmar un contrato. Él siempre se cubría las espaldas, pero ese demonio de ojos azules había logrado hacerle quedar como un idiota.

En realidad, Sara se equivocaba. El contrato firmado con Pat y Dave establecía que los pagos se efectuarían cada trimestre, y contenía una cláusula de rescisión. Pero no iba informarle de ello. Le bastaba con saber que Sara, a pesar de su belleza y sus encantos sexuales, era la misma retorcida y avarienta bruja. No podía evitarlo, y a él ya no le interesaba.

—He bebido demasiado para conducir —dijo fríamente—. Te quedarás aquí esta noche.

—No…

Ella alzó la cabeza, pero la mirada revelaba su dilema. Guido percibió la sensualidad en la azul profundidad y, sorprendentemente, un destello de pánico. Ella deseaba aceptar la propuesta de Guido. Estaba agotada, y embarazada, y temerosa de que él le exigiera una satisfacción sexual.

—No te preocupes. Las mujeres cansadas y embarazadas no me excitan. Dormiré en la habitación de invitados —dijo él con ironía—. Y mañana podrás irte adonde te dé la gana. Hemos terminado.

Sara decidió quedarse aquella noche. No tenía mucho sentido marcharse a las dos de la mañana. Tendría que esperar una eternidad hasta encontrar un taxi. Entró, algo temerosa, en el dormitorio. No había rastro de Guido. Se lavó y se metió en la cama completamente aturdida.

No dejaba de darle vueltas a la discusión. No estaba clara la posición de Guido. Había pasado de la más insultante propuesta de matrimonio a insistir en el cumplimiento de su acuerdo de un año, y de ahí a declarar que habían terminado.

El último comentario de Guido había sido el punto final. Se había ofrecido a dormir en la habitación de invitados. Le recordó las semanas anteriores al aborto. Guido apenas la había tocado, por su creciente barriga y sus mareos. Pero, en esa ocasión, había mostrado abiertamente su disgusto. Ella intentó convencerse de que se alegraba, pero tardó horas en dormirse.

Despertó a la mañana siguiente y, por un momento, esperó encontrarse a Guido en la cama junto a ella. Pero entonces, los sucesos de la noche anterior volvieron a su mente y el estómago empezó a rebelarse. Saltó rápidamente de la cama y se dirigió al cuarto de baño. Estaba bajo la ducha, cuando la puerta se abrió y la silueta de Guido se dibujó al otro lado de la mampara.

—¿Qué quieres? —preguntó ella.

—Te he oído vomitar —Guido abrió la mampara y cerró el agua mientras la contemplaba fijamente—. Pensé que llevabas aquí demasiado rato.

Ella cruzó los brazos delante del pecho antes de darse cuenta de la inutilidad del gesto. Él ya la había visto desnuda en innumerables ocasiones. Agarró una toalla y se envolvió con ella.

—Gracias por preocuparte, pero no hacía falta.

El aspecto de Guido era devastadoramente atractivo. Llevaba el pelo peinado hacia atrás y vestía un jersey gris y pantalones negros. El estúpido corazón de Sara latió con fuerza, hasta que se dio cuenta de la fría y distante expresión en su cara.

–Me marcho a Italia dentro de un par de horas. Vístete. Te llevaré a casa.

–No hace falta. Tomaré un taxi –contestó ella.

–Te he preparado té. Date prisa, no puedo perder más tiempo –sus oscuros ojos la miraban con insolencia–. Y quiero asegurarme de que te marchas –dijo fríamente mientras salía del baño.

La última mirada lo decía todo. Era como si ella no fuese más que una incómoda inconveniencia en su atareada vida. Sara se secó el cuerpo tembloroso y se puso la ropa interior. Después, echó una ojeada al armario donde guardaba la ropa acumulada durante las últimas semanas. Eligió únicamente las prendas de su propiedad y dejó las que Guido le había comprado. Se puso unos vaqueros y un jersey y guardó el resto en una bolsa de viaje. Ni siquiera se molestó en maquillarse y recogió sus cabellos en una cola de caballo. Jamás volvería a aquella habitación. La relación había acabado para siempre. Intentó convencerse de que se alegraba por ello y se dirigió a la cocina.

–Tu té –Guido estaba de pie con una taza en la mano–. Puede que se haya quedado frío.

–No, está bien –ella aceptó la taza sin mirarlo a la cara y se bebió el contenido–. Vamos.

–En tu estado, ¿no deberías comer algo?

–Ya comeré cuando llegue a casa. Pensaba que tenías prisa –Sara recogió su bolso de viaje y se marcharon, pero no sin antes dejar la llave sobre la mesa de la cocina–. Ya no la necesito, pero tu próxima mujer sin duda sí lo hará.

El trayecto hasta Greenwich fue rápido y silencioso, y la tensión crecía con cada kilómetro. Sara suspiró aliviada cuando al fin llegaron al edificio donde vivía. Antes de que Guido apagara el motor, Sara ya estaba abriendo la puerta del coche.

–Espera, Sara –dijo él mientras echaba el cierre.

–¿Para qué? –ella se volvió lentamente hacia él, que tenía un brazo en el salpicadero y otro en el respaldo de su asiento–. Anoche ya nos lo dijimos todo –ella lo miró con amargura–, salvo adiós.

–Puede que sí, pero quiero que sepas que cada cosa que dije anoche iba en serio, siempre que...

–Olvida el «siempre que» –interrumpió Sara furiosa.

Atrapada entre los brazos de él, y con su rostro a escasos centímetros, ella debería haberse mostrado cautelosa, pero el temperamento acudió en su ayuda. Él la miraba, frío y autocrático, y ella ya había aguantado bastante.

–¿Y exactamente a qué «cosa», te refieres? –continuó ella–. ¿A que exiges una prueba de paternidad? ¿O a que no tenías intención de mantenernos durante veinte años? ¿O puede que a que te casarías conmigo? Olvídalo, Guido. No me casaría con un asno insensible y arrogante como tú ni por todo el oro del mundo. Aunque a lo mejor te refieres a cuando amenazaste con arruinar a mis amigos si yo no seguía acostándome contigo. Pero, a decir verdad, la única «cosa», que me interesó fue lo de que habíamos terminado. Y ahora, abre la puerta.

Guido entornó los ojos ante el estallido de Sara y respiró hondo para intentar conservar la calma. Era increíble que tuviera el valor de echarlo. Si alguien tenía derecho a estar furioso, era él. Ella le había tomado el pelo por última vez.

Guido controló sus nervios. Odiaba los estallidos emocionales. Eran un anatema para su carácter disciplinado y reprimido. Recordaba lo alterada que había estado Sara en Italia durante el otro embarazo, y supo que no era el momento de discutir con ella. Era el momento de dejarla.

Ella lo había conmocionado la noche anterior y él se había comportado mal. Necesitaba tiempo para acostumbrarse a la idea de que iba a ser padre. Pasaría un fin de semana en el yate, y después se centraría en los negocios durante un tiempo. En cuanto a Sara, decidió que necesitaba tiempo para relajarse y pensar con sensatez. Dinero o matrimonio. Iba a tener que pagar de un modo u otro. A pesar de su estallido inicial, no había dudado jamás de que el niño fuera suyo, pero no iba a decírselo a Sara. Dejaría que se lo pensara unas semanas, que se diera cuenta de lo que se perdía...

—A lo mejor estuve muy brusco, Sara, algo lógico dadas las circunstancias. Que una mujer te diga que se ha quedado embarazada por accidente es toda una conmoción para un hombre. Y que la misma mujer te diga lo mismo, y en las mismas circunstancias, una década después, es toda una coincidencia. Eso tienes que reconocerlo —declaró con ironía.

—Ya veo —Sara se sintió desconcertada ante la admisión de Guido sobre su brusquedad. Pero, dos segundos después, volvió a sentirse furiosa ante la reiterada insinuación de que ella había pretendido atraparlo—. Después de pensártelo, todavía insistes en lo que dijiste anoche. Muy bien. Entendido. Y ahora, abre la maldita puerta. Necesito ir al baño.

—Esto no ha terminado, Sara. Si lo que dices es cierto, alguna vez tendremos que hablarlo —él la abrazó—. Mientras tanto... un pequeño recuerdo mío —añadió con voz profunda.

Ella intentó zafarse del beso, pero en un coche deportivo no había sitio. Intentó morder su lengua, pero él la correspondió con suaves mordiscos y caricias hasta que ella abrió la boca y sucumbió a la creciente pasión.

—Adiós, Sara... por ahora —él abrió la puerta del

coche y se bajó. Ella aún estaba confusa cuando él la ayudó a bajarse de coche y le llevó el bolso de viaje hasta la puerta.

–De aquí no pasas, Guido –dijo ella tras recuperar la voz.

–Sí. Tengo que irme. Cuídate. Estaremos en contacto –dijo él antes de marcharse.

–No te molestes –gritó ella mientras él bajaba las escaleras sin mirar atrás.

Lo mejor era que se marchara para siempre. Sara lo sabía. Cerró la puerta, dejó caer el bolso en el pasillo y se dirigió a la cocina. No iba a llorar. Iba a prepararse una buena taza de té y un bocadillo de bacon. Necesitaba comer por el bien del bebé. Ese niño era su prioridad. Preparó la comida mientras ignoraba las lágrimas que rodaban por sus mejillas. Sara comió y después se dirigió al dormitorio, con el bolso, para guardar sus cosas.

Furiosa, se pasó una mano por el rostro. No iba a llorar por Guido Barberi. No. Pero al final se derrumbó sobre la cama y, abrazada a la almohada, dejó rodar las lágrimas. Lloró por el amor que nunca había tenido y que no tendría jamás. Lloró por la madre que murió. Una madre cuyo apoyo necesitaba más que nunca en esos momentos. Lloró por el niño que había perdido. Lloró hasta que no le quedaron lágrimas, y después se durmió.

Sara despertó unas cuantas horas después y miró a su alrededor. Su dormitorio. Su apartamento. Colocó una mano sobre el vientre. Su bebé. Su vida. Las lágrimas habían hecho su efecto y Sara sentía una fuerte sensación de paz y esperanza por el futuro. Su madre había elegido tenerla y criarla sola con amor y cariño y, a pesar de su trágica y temprana muerte, había hecho un buen trabajo.

Sara se juró en silencio que sería una buena madre.

En cuanto a Guido… ¿Quién lo necesitaba? Desde luego, ella, no.

Capítulo 12

SIN embargo, durante las semanas que siguieron, Sara descubrió que no le resultaba tan sencillo echar a Guido de su vida, a pesar de que el lunes siguiente a su marcha había vuelto a cambiar el número de teléfono, por si se le ocurría llamar. No quería volver a saber nada de él.

Ante las preguntas de Jan sobre el fin de semana, Sara le había contado que habían terminado, que Guido se había marchado y que, si llamaba a la oficina, debía decirle que estaba ocupada.

Pero Jan no la había dejado en paz, y no paraba de decirle lo maravilloso que le parecía Guido y que había cometido un error, hasta que al final, Sara saltó. Tras hacerle jurar que no se lo repetiría a nadie, le contó a su secretaria toda la verdad. El matrimonio anterior, el chantaje, el embarazo... todo. Jan se sintió horrorizada y, de inmediato modificó su opinión y dijo que siempre le había parecido que había algo siniestro en Guido. Nadie se hacía asquerosamente rico siendo buena persona. Y, para un hombre de su riqueza y aspecto atractivo, no tenía mucho sentido que saliera con una contable de poca monta.

Sara sonrió al recordarlo. Cinco semanas de noches en blanco y días de tensión, atormentada por los recuerdos de Guido, sus besos, la maravillosa fuerza de su embestida. Aun así, de algún modo, no había pensado en él desde su vuelta a casa ese día.

A lo mejor había tenido algo que ver la foto de la revista que le mostró Jan, en la que aparecía Guido del brazo de una rubia en el baile de Montecarlo. Era un mujeriego con los modales de un gato callejero. Siempre lo había sido, y siempre lo sería.

Sara se había preparado la cena, había cenado, se había duchado y puesto su pijama nuevo. Y todo sin pensar en Guido durante tres horas. Volvió a sonreír.

Se sentó en el sofá y accionó el mando a distancia del televisor. Su corazón le decía que nunca dejaría de amar a Guido, y su mente que empezaba a aprender a vivir con ello, a sonreír de nuevo, a reír otra vez y, sí, a volver a amar. Apoyó una mano sobre la tripa y sintió amor...

Un anuncio de Navidad llamó su atención y, de repente, cayó en la cuenta de que faltaban tres semanas. Al día siguiente iría de compras. Las siguientes navidades iría de compras para su hijo. Se sentía mejor que hacía mucho tiempo, y empezó a pasar de un canal a otro.

El timbre de la puerta sonó y ella se levantó para abrir. Jan había dicho que a lo mejor se pasaba más tarde. Se comportaba como una madre desde que le dijo que estaba embarazada.

Sara abrió la puerta y dio un paso atrás, completamente atónita. Ante ella estaba Guido, alto y moreno. Él se quedó parado y en silencio mientras la miraba con una intensidad conmovedora.

–Márchate –dijo ella cuando, al fin, recuperó la voz–. No eres bienvenido en mi casa –añadió antes de hacer lo primero que tenía que haber hecho: cerrar la puerta en sus narices, o, por lo menos intentarlo, porque un lustroso mocasín de diseño se lo impidió.

–No tan deprisa, Sara –un musculoso hombro empujó la puerta y ella no pudo sino observarle dirigirse directamente al salón.

Llevaba un abrigo largo y, al volverse, ella se so-
bresaltó al ver un ramo de rosas rojas en su mano.
Mientras tanto, Sara seguía de pie, aturdida y agarrada
al pomo de la puerta, porque si no lo hacía se caería al
suelo. Las piernas apenas la sujetaban.

–Has vuelto a cambiar tu número de teléfono, Sara
–dijo él secamente–. Y tu secretaria se negó a dejarme
hablar contigo hoy. ¿Se puede saber a qué estás jugan-
do ahora?

–¿Yo? ¿Jugar? ¿Irrumpes en mi casa, blandiendo
un montón de rosas como si fuera un bate, y todavía
tienes el valor de preguntármelo? –ella se acercó hasta
él–. Tú eres el único que juega aquí, tal y como con-
firma la prensa mundial con increíble regularidad.

Al acercarse más a él pudo contemplar bien su rostro. Parecía demacrado, y sus ojos sin vida. Durante
un instante, a ella se le encogió el corazón. A lo mejor
estaba enfermo...

No. Guido siempre estaba perfectamente sano,
pensó con amargura. Diez minutos antes creía que ya
lo tenía superado y, de repente, había vuelto a la casi-
lla de salida. Sara sentía calor en el rostro, y en otras
partes más íntimas de su cuerpo, simplemente por mirarlo. Pero no duraría mucho tiempo, aunque ella no
sabía muy bien cómo se las apañaría para echarlo de
allí.

–Eres la madre de mi hijo. Tengo derecho –dijo él
con brusquedad mientras alzaba la voz–. ¿De verdad
pensabas que iba a permitir que me echaras de nuevo
de tu vida?

–Dios, mío, sí que has cambiado –de repente, Sara
estaba indignada–. Creo recordar que no hace mucho
exigías una prueba de paternidad antes de siquiera
considerar que podrías ser el padre, y antes de decirme que lo nuestro había acabado. Lo cual me parece
estupendo. Si, de repente, piensas de otro modo, mala

suerte. Me da igual. No estás hecho para ser un buen padre. No se me ha olvidado lo inútil que fuiste la primera vez. Y yo aprendo de mis errores.

Él se quedó sin aliento y sus mejillas se colorearon de rojo. Sara vio la furia en su mirada mientras se acercaba a ella. Instintivamente, ella dio un paso atrás, pero, sorprendentemente, él se paró y en un instante recuperó el control de nuevo.

–No he venido a pelearme contigo, Sara –dijo lentamente–. He venido para disculparme por poner en duda que ese hijo que llevas dentro fuera mío. Fue un arranque de mal humor, pero en cuanto me calmé, no tuve ninguna duda –tras una pausa, prosiguió–. Y también he venido para darte esto –él alargó el ramo y ella, sin pensárselo, lo aceptó–. Un gesto romántico sugerido por mi hermano pequeño. Al parecer no basta con enviarlas. Lo mejor es entregarlas en persona. Me aseguró que con su mujer funciona. Pensé que también me funcionaría a mí, pero tengo la sensación de que llego demasiado tarde y, de todos modos, no soy dado al romanticismo.

–En eso tienes razón –le espetó Sara–. Que yo sepa, los únicos regalos que entregas en persona a las mujeres son prendas de lencería… más para tu propio placer que para el de ellas.

–Esa nunca fue mi intención –él hizo una mueca–. Aunque entiendo tu punto de vista y me disculpo si te he ofendido.

–¿Ofendido? –exclamó ella. Había hecho mucho más que eso. La había chantajeado para que se acostara con él, la había dejado embarazada, y había conseguido que ella lo amara de nuevo. Sara abrió la boca para decirle lo que pensaba de él, pero Guido la hizo callar con un gesto.

–Por favor, Sara. Ahora no. Déjame que diga lo que tengo que decir y después te dejaré en paz.

De repente, Sara fue consciente de que no conocía al Guido que tenía ante ella. No había rastro de su arrogancia, de su suprema confianza. Parecía un hombre con una misión que no le gustaba demasiado, y eso la preocupaba. ¿Qué pretendía?

–Si vas a soltar un discurso, será mejor que me siente –dijo ella mientras se sentaba en el sofá–. Espera un momento mientras pongo el vídeo a grabar. Estaba viendo una película cuando me interrumpiste de forma tan descortés.

El hecho de que él no hiciese ningún comentario y se limitase a quitarse el abrigo, y sentarse frente a ella, la preocupó aún más. Hacía años que no llevaba el cabello tan largo, y vestía unos vaqueros y un jersey negro de cuello alto. Era la clase de ropa informal que solía llevar cuando se conocieron por primera vez.

–¿Por dónde empiezo? –murmuró él.

–Por ejemplo, por el principio –dijo Sara burlonamente mientras sus miradas se encontraban.

–Tienes razón. La primera vez que te vi, pensé que eras la chica más preciosa del mundo… y lo sigo pensando –él sonrió amargamente–. Puede que de todos modos nos hubiésemos casado, pero tu embarazo lo decidió por nosotros, y ambos sabemos el desastre que fue. Pero, al contrario de lo que crees, sí que lamenté la pérdida de nuestro bebé. Cuando te vi en el hospital, magullada y rota, me sentí destrozado, y muy culpable. Eras tan joven… Deberías haber disfrutado de tu juventud, de los años de universidad y, por culpa mía, te encontrabas hospitalizada en un país extranjero tras perder a nuestro hijo.

–El pasado ya no importa –dijo Sara secamente. No quería removerlo todo, quería que se marchara.

–No, déjame que termine –él se puso en pie y se acercó al ventanal para contemplar el río–. Necesito hacerlo –dijo lentamente mientras volvía sobre sus pasos y se sentaba al lado de ella. Ella se movió ligeramente, incómoda por su proximidad.

–Sabía que no te había prestado la atención y el apoyo que te merecías como mi esposa. En mi descargo diré que el negocio iba mal. Había intentado convencer a mi padre de realizar las acciones necesarias, pero no quiso escuchar. De modo que me vine a Londres y, cuando volví, contigo como mi esposa, el negocio estaba peor aún. Había permitido que se perdieran contactos, jamás visitaba a nuestros socios americanos, y no tuvo más remedio que dejar que yo tomara las riendas del negocio. Tuve que trabajar muchísimo para modernizar la empresa y volver a conseguir la confianza de los clientes. Ya sé que no es excusa –Guido la miró y sonrió con sarcasmo–. Tú tenías que haber sido la primera, pero estaba obsesionado con lograr el éxito de la empresa. Iba a ser padre, iba a tener una familia a la que mantener, y te descuidé. Una mujer sexy, vibrante y embarazada que me esperaba en casa. ¿Qué más podía pedir un hombre?

–De verdad, Guido, todo esto no es necesario. Y no hay motivo para que te sientas culpable –que Guido hubiera sentido la pérdida del bebé la inquietaba más de lo que quería reconocer. Se sentía capaz de olvidarlo si pensaba que era un hombre sin corazón. Pero no se sentía a gusto junto a un Guido dulce y vulnerable, porque la conmovía de un modo que la asustaba.

–Hay otra cosa –él la rodeó por los hombros y la miró con un dolor en los oscuros ojos que la asustó–. Por fin sé la verdad. Caterina te empujó por las escaleras.

Después de tanto dolor y sufrimiento, por un momento Sara quiso gritar, «¿Y qué? Ya te lo había dicho», pero se mordió la lengua mientras él continuaba.

–Y, que Dios me ayude, si no estuviera muerta, la mataría. Ya sé que no hay que hablar mal de los muertos, pero espero que se pudra en el infierno por lo que hizo.

Los negros ojos reflejaban tanto odio que Sara supo que decía la verdad.

Guido respiró hondo, como si intentara controlar la violencia de sus pensamientos.

–No espero que me perdones por no confiar en ti, Sara… pero, a lo mejor con el tiempo podríamos dejarlo todo atrás –él hizo una pausa–. Ya sé que no hay perdón para mi falta de confianza en ti, pero es que no era capaz de imaginarme a alguien tan malvado y, dado tu estado de fragilidad, creí al médico cuando me dijo que era una alucinación debida al golpe.

–¿Estado de fragilidad? Querrás decir locura… eso es lo que dijiste en el yate cuando volvimos a encontrarnos. Me llamaste «zorra alocada» –le espetó Sara, completamente furiosa–. ¿Qué es lo que ha cambiado? ¿Por qué esta repentina declaración? No puede tener nada que ver con algo que haya dicho yo –ella no podía creerse la arrogancia de Guido. Al mismo tiempo que pedía perdón, calculaba su siguiente movimiento.

–Mi padre me lo dijo.

–¿Lo sabía? –ella abrió la boca horrorizada–. ¿Y por qué no…?

–Entonces no lo sabía, Sara. Lo descubrió cuando acudió al hospital tras el accidente de Caterina. Ella sabía que iba a morir y le confesó que te había empujado y que había convencido al jardinero para que mintiera por ella. Al parecer llevaban tiempo manteniendo una aventura, y el hombre estaba más que dispuesto a colaborar, además de aceptar una generosa suma de dinero por mantener la boca cerrada. Pero ella no quería morir con eso en su conciencia.

–Bien por ella –dijo Sara secamente–, pero ¿por qué tu padre no te contó la verdad antes?

–Caterina era la hija de su hermanastra, y responsabilidad suya desde que tenía cinco años. La única chica en la familia. Tú, en cambio, eras mi esposa relámpago. Él es un hombre anticuado para quien la familia lo es todo, y no aprobaba las circunstancias de tu nacimiento. Dado que habías perdido al bebé y ya llevábamos años divorciados, pensó que no había motivo para mancillar el recuerdo de Caterina, que era de la familia… –Guido hablaba con voz profunda–. Siempre tuviste razón. Él aborrecía que no tuvieras padre. Con la excepción de mi madre y de Aldo, mi familia te trató abominablemente. Y para mi eterna vergüenza, lo siento tanto…

–¿Y él te contó todo eso porque…? –ella respiró hondo, completamente aturdida.

–Porque tuve una discusión muy violenta con él durante la comida de hoy, y si quería volver a verme, o a cualquier hijo que pudiera tener, no tenía más remedio que contarme toda la verdad. Ya había admitido que jamás exigiste dinero. Lo que no dijo en su anterior confesión fue que te obligó a que aceptaras el dinero y buscaras ayuda médica en Inglaterra si no querías que te volvieran a ingresar en el hospital. Al final, también reconoció que sabía que Caterina te había empujado –Guido hizo una pausa–. No me puedo ni imaginar lo asustada que debías sentirte. Eras una chica joven en un país extraño, y yo me culpo completamente por ello.

Sara no se sentía preparada para absolverlo. Por arrepentido que se sintiera, eso no cambiaba nada, a pesar de que el dolor y la vergüenza en sus negros ojos le oprimían el pecho.

–Todavía permanecería ignorante de no haber sido, una vez más, por Aldo –continuó él lentamente–. Después de dejarte, decidí pasar un fin de semana en mi yate, pero no pasó de un día –él hizo una mueca–. Me negué a llevar tripulación conmigo y el tiempo se estropeó. Yo había estado bebiendo, y cuando intenté regresar a puerto, golpeé el casco del yate y destrocé la proa. Tuve que ser remolcado.

Sara casi rio ante la mirada compungida en su atractivo rostro.

—En cualquier caso, volví al trabajo y, durante las últimas semanas, he debido dar la vuelta al mundo un par de veces y, según Aldo, sacado de quicio a todos mis empleados. Cuando llegué a Nápoles el jueves, me puso firme. Fue una experiencia aleccionadora. Le dije que te había vuelto a dejar embarazada y él me contestó que había sido un idiota al dejarte marchar la primera vez, y que lo era aún más por dejarte ahora. Entonces me contó todo lo sucedido cuando Marta y él te visitaron en el hospital. Al parecer les dijiste que no te gustaba la habitación a la que te habían transferido, y que los medicamentos te atontaban. Y que Caterina te había empujado por las escaleras. Al contrario que yo, Aldo estuvo dispuesto a creerte y te informó de que estabas en el ala de psiquiatría del hospital y que si querías salir de ahí debías decirle al psiquiatra lo que quería oír: que lo habías recordado todo y que estabas confundida con Caterina, seguramente porque fue la última persona a la que habías visto al salir de casa, y que, en realidad, habías resbalado.

Guido echó la cabeza hacia atrás.

—Cuando me lo contó, no me lo podía creer. Me negaba a aceptar que hubiera sido tan estúpido. Mi hermano pequeño conocía mejor a mi esposa. También me dijo que, a no ser que quisiera que la historia volviera a repetirse, debía volver junto a ti lo antes posible y suplicar tu perdón. Pero fue tras la confesión de mi padre hoy cuando reconocí haber sido un bastardo ciego y arrogante, y decidí seguir el consejo de Aldo.

–¿Por eso has venido? –ella lo miró fijamente–. ¿Porque tu hermano te dijo que vinieras? Por Dios, tú sí que sabes insultar a una mujer.

–No. Vine porque no podía estar tan lejos –él hizo una pausa–. En mi arrogancia, pensé que sí podría –rio con amargura–. Cuando me dijiste que estabas embarazada por segunda vez, mi primera reacción fue de felicidad, seguida de ira. Mi mente cínica se rebelaba contra lo que yo pensaba era una trampa. Estaba tan confuso que no era capaz de pensar con claridad. A la mañana siguiente, pensé en dejarte sola un mes o dos, para que te dieras cuenta de lo que te estabas perdiendo, antes de volver a irrumpir en tu vida para aceptar tu infinita gratitud y amor tras proponerte de nuevo en matrimonio.

–Desde luego, eso sí que es arrogancia –murmuró Sara mientras empezaba a temblar.

–Hoy, durante la comida, le conté a mi padre mis intenciones, de ahí la discusión. En descargo de mi padre, debes saber que, cuando sufriste el aborto, el creyó al jardinero, y realmente pensaba que estabas enferma. No quería verme atado a una enferma mental. Sé que es repugnante, pero, desde su punto de vista, comprensible –los largos dedos de Guido apretaban el hombro de Sara mientras se acercaba a ella–. Te juro, Sara, que pensaba que estabas confusa tras perder a nuestro hijo. Yo solo tenía veinticuatro años, y no sabía nada sobre los problemas de las mujeres… y sigo sin saberlo –Guido parecía casi tan confuso como se sentía Sara–. Empecé a pensar mal de ti a mi regreso de Estados Unidos, cuando mi propio padre me mintió, haciéndote parecer una avariciosa. Hace un par de meses, cuando confesó que había mentido, y Aldo me hizo ver que Caterina no se había portado bien contigo, te lo conté y me disculpé. Pensé que con eso bastaba. Qué equivocado estaba. Mi propio padre aún me ocultaba la verdad.

Ese nuevo Guido, preocupado y arrepentido, era mucho más peligroso que la versión arrogante, y Sara sentía crecer su debilidad hacia él. Se imaginaba lo traicionado que se debía haber sentido por su padre y estaba dispuesta a aceptar que el comportamiento de Guido hacia ella, años atrás, se había debido más a la ignorancia que a la maldad.

–Antes de venir esta tarde, llamé al médico –los dedos de Guido acariciaron la nuca de Sara, cuyo pulso empezó a acelerarse–. Me aseguró que estaba convencido de tu enfermedad. Yo no me hubiera imaginado ni en un millón de años que Caterina pudiera ser tan despiadada.

–Ya. Todo eso es muy interesante –ella desvió la mirada y se soltó de él mientras se inclinaba hacia delante–. Pero todo eso ya es agua pasada –ella se puso en pie–. Será mejor que ponga las flores en agua.

Sara se agachó para recoger las flores, pero un musculoso brazo la agarró por la cintura y la obligó a sentarse de nuevo en el sofá. Con la mano libre, Guido agarró el ramo de rosas y lo arrojó al otro lado de la habitación.

–Maldita sea, Sara, ¿eso es todo lo que tienes que decirme? Estoy desnudando mi alma ante ti, suplicando tu perdón mientras intento decirte que te amo, y lo único que quieres es poner las malditas rosas en agua.

–¿Tú me…? –ella abrió la boca, conmocionada.

–Ya me has oído… te amo –dijo él, aunque la ira que reflejaba su mirada no tenía nada de amorosa–. ¿Crees que me resulta fácil admitir que he sido un completo idiota durante más de diez años? Te amo desde el momento que te vi. La primera vez que te hice el amor fue la experiencia más increíble de mi vida. Pensé que había muerto y estaba en el cielo. Eras tan exquisita, y cuando me dijiste que me amabas, me sentí el rey del universo. Eras mía… mía.

—Jamás lo dijiste —la mirada de ella se suavizó y esbozó una tímida sonrisa.

—Era joven y estúpido y, para ser sincero, estaba asustado. En mi arrogancia me dije que me sentía tan bien simplemente porque disfrutaba del mejor sexo que había tenido nunca. Lo único que necesitaba saber era que tú me amabas.

La sonrisa de Sara se esfumó y ella se movió inquieta. Él aumentó la fuerza de su abrazo y la levantó en vilo para sentarla sobre su regazo, mientras la acunaba.

—Estaba enamorado de ti, Sara —sus miradas se fundieron—, pero era demasiado cobarde para decírtelo.

La admisión de Guido de ser un cobarde era algo inaudito, pero no había duda del genuino arrepentimiento en su oscura mirada.

—Cuando me dijiste que estabas embarazada, no podía esperar para casarme contigo. Me dije a mí mismo que lo hacía por el bebé, pero no era cierto. Me mentí a mí mismo. Cuando nos fuimos a vivir a Italia, pensé que lo único que necesitaba para hacerte feliz era darte una buena casa y mucho sexo. Estaba tan ocupado en mi trabajo que no tuve ninguna paciencia contigo.

—Quieres decir que nunca me escuchaste.

—Sí —admitió Guido—. No quería saber nada de problemas domésticos. Ya tenía bastante con el trabajo. No hay excusa por lo que hice hace diez años, ni por lo que no hice —él se encogió de hombros—. No me ocupé de ti y de nuestro bebé como debía haberlo hecho, y me sentiré culpable por ello el resto de mi vida.

Ella bajó la mirada, incapaz de soportar la angustia reflejada en los negros ojos, pero recelosa de su confesión. Los milagros no existían. Seguramente era algún plan para hacerse con su hijo.

–Te suplico que, con el tiempo, me perdones y me des otra oportunidad –él la abrazó con más fuerza mientras con una mano le levantaba la barbilla para obligarla a mirarlo–. Que me dejes demostrarte que puedo cuidarte y protegerte, a ti y al bebé. Que me dejes demostrarte cuánto te amo –sus manos acariciaron unos mechones de los dorados cabellos y ella se estremeció.

–Tú me amas… –ella veía el amor, la necesidad y la vulnerabilidad en los oscuros ojos. Y se ahogaba en su cálido y masculino aroma.

–Te amo. Solo a ti. Si te sirve de consuelo, me destrozaste cuando abandonaste Italia. Me dije a mí mismo que no me importaba. Me dije que te odiaba.

–Yo hice lo mismo –murmuró Sara.

–Tenías un buen motivo –dijo Guido mientras fruncía el ceño–. Y antes de que lo digas, ya sé que ahora tienes todavía más motivos. Cuando volví a verte en el yate, decidí que serías mía. Que había llegado la hora de que me resarcieras por haberme abandonado. Te chantajeé para que te acostaras conmigo, y se volvió en mi contra, porque la mañana que abandonamos el hotel, yo sabía que te amaba. Casi te lo dije, pero me acobardé y lo que te dije fue que me gustaba tu vestido amarillo. Durante un tiempo todo me parecía perfecto, y entonces me dijiste que estabas embarazada… y yo te abandoné –él le acarició la mejilla–. Sara, estoy totalmente avergonzado por lo que hice, y no espero que me ames –su expresión era sombría–, pero te juro que si me lo permites, dedicaré el resto de mi vida a intentar compensarte por todo el daño que te he hecho, y espero que con el tiempo consigas perdonarme.

Los negros ojos estaban fijos en el adorable rostro de Sara, y ella recordó aquella mañana cuando, por un momento, había pensado que él la iba a abandonar, y el alivio que sintió al darse cuenta de que no era así. Y recordó el comentario sobre su vestido. Él la amaba. Ella acarició los negros cabellos y acercó su boca a la de él.

–Te perdono. Bésame –suspiró ella. La boca de Guido cubrió la suya y durante varios minutos, ella se olvidó de respirar.

–Dios mío, Sara. Estar separado de ti ha sido un infierno –gruñó él. De repente, ella estaba tumbada sobre el sofá y Guido se desnudaba, y la desnudaba a ella, con más prisa que pericia–. Te deseo tanto…

–Ya se nota –bromeó ella mientras con las manos recorría todo su cuerpo, y dibujaba la línea de sus labios con una ternura que hizo que él gruñera. Lo que siguió fue un acto de amor salvaje, apasionado e increíblemente sensual.

Después, él volvió a repetir que la amaba y ella lamió la suave y húmeda piel de su garganta. Sara suspiró y, mientras lo abrazaba, sintió una profunda oleada de ternura en su interior. Guido, su amante, su arrogante, engreído, confundido, maravilloso hombre… la amaba, y ella sonrió.

Guido la miró a los azules ojos, sin poderse creer su suerte. Se había preparado para que lo echara de su casa, lo esperaba tras haberse enterado de lo mal que se habían portado, él y su familia, con ella. Pero la preciosa y generosa Sara, la mujer de sus sueños, su alma gemela, lo había perdonado. Él no se lo merecía, pero nunca jamás la iba a dejar marchar.

–Entonces, ¿cuándo te casarás conmigo? –preguntó él con una amplia sonrisa. Sintió la tensión que invadía el cuerpo de Sara y, de repente, cayó en la cuenta de que Sara, aunque había aceptado todo lo que él le había dicho, no había dicho ella misma que lo amara. Y por la evasiva mirada en sus azules ojos, supo que no estaba dispuesta a casarse con él.

–No pensemos en eso ahora –ella se separó de él–. Necesito beber algo.

Guido apretó los dientes y se esforzó por mantener la calma y no pedir una explicación. La deseaba en todos los sentidos y quería que estuviera atada a él por vínculos indisolubles, pero sabía que debía tener cuidado. Ya la había avasallado antes. Tenía mucha suerte de que estuviera embarazada de su hijo y de vuelta en sus brazos. Podría esperar para lo demás… el matrimonio y su amor.

Sara se puso el pijama sin mirar al maravilloso hombre desnudo tumbado sobre su sofá. Había caído en sus brazos, como siempre. Él había dicho que la amaba, y ella le creía. Se lo había demostrado con cada beso y cada caricia. Pero casarse…

–Yo tomaré café, solo y con mucho azúcar. Necesito recuperar energías.

Ella se irguió y miró de reojo a Guido quien, afortunadamente, se había puesto los calzoncillos y estaba tumbado en el sofá con una perezosa sonrisa en su sensual boca.

–Sí, señor –dijo ella con una sonrisa radiante y mientras suspiraba aliviada porque el tema del matrimonio estaba olvidado. Incapaz de resistirse, se inclinó y lo besó amorosamente.

Dos fuertes manos la agarraron por la cintura con fuerza. Ella rio, pero la risa murió en sus labios en cuanto vio la seriedad en los ojos de él.

–¿Por qué no quieres casarte conmigo, Sara? Cometí un terrible error, pero dijiste que me perdonabas. Te conozco, Sara. No reaccionarías así cuando hacemos el amor si no sintieras algo por mí. ¿Qué te lo impide?

–El gato escaldado del agua fría huye –dijo ella a la ligera.

–Esto no es ninguna broma –rugió él mientras la abrazaba por la cintura–. Vamos a tener un bebé, Sara.

–Ya lo sé, pero ¿lo sabe la rubia que llevabas colgada del brazo la semana pasada? –espetó ella mientras utilizaba la foto de la revista para evitar decirle la verdad.

–De modo que estás celosa… –dijo él aliviado–. Viste la foto que tomaron de mí durante el baile benéfico de Mónaco –los dedos de Guido alisaron los cabellos de ella–. No tienes motivo para preocuparte, Sara. Era una de las modelos contratadas para el pase de modelos. Jamás la había visto antes. Ella esperaba turno para hacerse la foto, y resultó estar a mi lado. Te amo. Solo a ti.

No había duda alguna de la sinceridad en los negros ojos, de la ternura que había en sus caricias, y el deseo la invadió. Los pechos de Sara estaban comprimidos bajo el pijama de terciopelo mientras la sensible piel se inflamaba y los pezones se ponían erectos. Ella pasó un brazo por su cuello y colocó la otra mano sobre el pecho de Guido. Sintió el fuerte latido del corazón y tembló ante las poderosas sensaciones que la invadían. Entonces, él la besó. Fue un beso profundo y tierno, un beso sin igual, con la tierna pasión y la promesa del amor.

Al separarse las bocas, ella fue incapaz de desviar la mirada de los ojos de él.

–No dejaré de pedírtelo hasta que digas que sí. Y te someteré con mi amor. ¿No se te había ocurrido? –bromeó él con un ligero temblor en su gutural voz

–Puede que te lo permita –ella ya no lo podía negar por más tiempo. El amor que surgía en su corazón lo inundaba todo. Tenía que decirle la verdad–. Porque yo también te amo, Guido.

–¿Me amas? –él la abrazó con fuerza–. ¿De verdad me amas? –preguntó él mientras ella asentía.

–Sí, pero no quiero casarme contigo. No puedo. Tengo demasiado miedo.

–¿Miedo? –preguntó él–. ¿Por qué? ¿Por lo que sucedió? No puedo cambiar el pasado, pero Caterina ya no está. Ya no hay más oscuros secretos en mi familia. Si me dejas, ahuyentaré todos tus miedos… te lo prometo.

–Por lo menos tú tienes una familia –dijo ella con dulzura–. Cuando mi madre murió, me llevaron a una casa de acogida. Mi cama estaba bajo una ventana… con barrotes. Era horrible. Me daban mucho miedo. Odiaba mirar hacia arriba y ver esos barrotes, y durante las noches con luna, las sombras de las barras eran mayores y más horribles.

–*Mia cara*, mi corazón llora por ti –murmuró Guido mientras le acariciaba la espalda.

–Sí, bueno, sufrí pesadillas durante años, hasta que Lillian llegó a mi vida. Cuando entré en la universidad, ya estaba bien –ella lo miró con ojos muy serios–. Pero cuando estuve ingresada en la clínica en Italia, la habitación donde estaba tenía barrotes. Tuve que mentir para salir, y acepté el cheque de tu padre porque, si no lo hacía, llamaría al médico y me volverían a encerrar allí. Juré entonces que jamás le volvería a dar a ningún hombre esa clase de poder sobre mí.

–Oh, *Dio*, no –gruñó Guido.

–¿Entiendes ahora por qué no me casaré contigo? –ella se soltó de su abrazo y él se lo permitió–. Preferiría continuar como hasta ahora.

–No confías en mí… y no te culpo –dijo él consternado, mientras le acariciaba la cabeza–. Haré lo que quieras –después del aborto, Guido había continuado trabajando de sol a sol, y luego le había pedido a su padre que se ocupara de ella. Todo el horror de los padecimientos que le había causado involuntariamente cayó sobre él. Tendría que vivir con ello el resto de su vida.

–En ese caso puedes ayudarme a preparar el café –

una tímida sonrisa curvó los sensuales labios de Sara
y Guido la siguió, como un cordero, hasta la cocina.
Pero, más tarde, ese cordero se convirtió en un tigre
en el dormitorio.

–¿Y dónde vamos a vivir? –preguntó Guido a la
mañana siguiente mientras desayunaban.

Había reflexionado sobre ello durante la noche,
mientras Sara dormía. La amaba, y ella lo amaba a él.
Con el tiempo, acabarían casándose, pero primero tenía que convencerla de que podía confiar en él.

–¿En mi casa o en la tuya? –al ver la sonrisa de felicidad en el rostro de Sara, Guido se animó. Nunca
había sido plenamente consciente del horror vivido
por Sara tras perder a su madre, y antes de ser acogida
por Lillian. Sara le había hablado de ella, pero él no la
conocía, y no había prestado demasiada atención. Sara
ni siquiera sabía quién era su padre. Él tendría que hacer desaparecer todos sus miedos, uno a uno.

–Puedo trabajar sin problemas desde Londres y supongo que tú querrás seguir trabajando.

–Sí. Desde luego –Sara se puso de pie y corrió a
abrazarlo–. ¿De verdad que vivirás aquí conmigo? –
ella estaba atónita por lo razonable que estaba siendo
él.

–Mi apartamento de Mayfair es más grande, y tiene un estudio, pero no es más que una idea. A fin de
cuentas, ¿quién necesita casarse cuando se tiene una
compañera de cama como tú? –rio él.

–Entonces, que sea tu apartamento –dijo Sara alegremente mientras un par de fuertes brazos la levanta-
ban en vilo y la llevaban de nuevo a la cama.

Epílogo

NUNCA había estado en los Estados Unidos –dijo Sara mientras por la ventana del hotel miraba la línea del horizonte de Nueva York con sus miles de luces que parpadeaban y enmarcaban los enormes rascacielos. Se veía claramente el Empire State Building.

Guido se acercó a ella mientras admiraba la delgada silueta. De inmediato, sintió la excitación.

–¿Qué le parece, señora Sara Barberi? –preguntó mientras la abrazaba por detrás.

–Me parece maravilloso y enorme –dijo ella con ojos brillantes y mientras alzaba la copa de champán que llevaba en la mano–, algo así como tú… esposo mío.

–Por nosotros… para siempre –Guido rio y brindó con ella.

–¿Crees que Anna estará bien? –preguntó Sara mientras apuraba su copa–. Nunca la hemos dejado una noche entera, y solo tiene cuatro meses.

–Estará bien –Guido tomó la copa de su mano y la dejó sobre la mesa–. Marta y Aldo la van a mimar hasta la saciedad. Es nuestra noche de bodas, y deberíamos empezar ya la luna de miel.

–Creía que ya lo habíamos hecho –Sara lo miró llena de amor y mientras señalaba la enorme cama tras ellos. Una cama que acababa de abandonar para echar un vistazo por la ventana, después de que su marido le hubiera hecho el amor concienzudamente.

–De acuerdo, Sara, tienes razón. He reservado una

mesa para la cena en el restaurante. Me ducharé primero… o si quieres, puedes reunirte conmigo. No tardes.

Sara lo siguió con la mirada. Como única vestimenta, llevaba una toalla blanca alrededor de la cintura y su cuerpo bronceado brillaba. Era maravilloso, y era suyo.

Los últimos diez meses habían sido fantásticos. Se habían ido a vivir juntos y la niña, Anna, había nacido a finales de mayo. Guido era un hombre estupendo, amante, generoso y amable, y estaba completamente loco por la niña. Él mismo había elegido para ella el nombre de Anna Lily; por la madre de Sara, Anne, y por Lillian, la mujer que había acogido a Sara y había sido su mejor amiga cuando más lo necesitaba. Sara se había conmovido por el gesto de su marido.

El mes anterior habían volado a Italia y Sara, al fin, se había enfrentado al padre de Guido. No había resultado tan horrible como ella había esperado. Era un anciano débil, y le había pedido mil disculpas por lo sucedido. Aquella mañana, toda la familia había viajado a Greenwich para asistir a la boda en la iglesia local.

Había sido una ceremonia preciosa a la que habían acudido todos los compañeros de trabajo de ella, y Pat y Dave. Billy Johnson y su familia habían acudido en el nuevo barco de recreo, y el desayuno de bodas se había servido en el restaurante a bordo mientras el barco navegaba por el Támesis. A las dos de la tarde habían embarcado en un avión rumbo a los Estados Unidos, adonde habían llegado a la cuatro, hora local. Recorrieron la ciudad en una limusina y se instalaron en el hotel a las cinco y media. Las últimas dos horas las habían pasado en la cama. Sara suspiró feliz. La vida no podría irle mejor.

–¿Cansada, cariño? –Guido le acarició la mejilla y ella se volvió para mirarlo a los ojos–. ¿O es que ya lamentas haberte casado conmigo?

–Eso nunca –ella percibió una ligera incertidumbre en los negros ojos y rodeó su cuello con los brazos–. La boda ha sido maravillosa, y lo único que siento es haberte hecho esperar tanto, Guido. Te amo, y te confiaría mi vida.

–Maldita sea, ojalá no tuviésemos una reserva para cenar.

–Podrías cancelarla –bromeó ella.

–Esta vez no –dijo él–. Vístete, y rápido. La mesa está reservada para las ocho y media.

Sara obedeció y, tres cuartos de hora después, apareció en el salón de la suite y se paró en seco. Guido no estaba solo. Una pareja de ancianos estaba con él, sentada en uno de los sofás, un atractivo hombre de pelo gris y una elegante mujer con el pelo recogido en un moño. Sara los miró una y otra vez… la mujer le resultaba familiar.

–Estupendo, Sara, estás lista –Guido se acercó a ella con una extraña sonrisa en los labios–. Estás preciosa.

–Quién… –empezó ella, pero él la hizo callar con un dulce beso en la boca antes de tomarla del brazo y conducirla hasta la pareja, que, puesta en pie contemplaba a Sara con tal intensidad que ella empezó a sospechar que se le había corrido el carmín de los labios.

–Quiero presentarte al señor y la señora Browning. Tus abuelos.

–¿Qué…? –Sara sintió cómo Guido la agarraba por la cintura para evitar que se tambaleara.

–Lo que oyes, los he encontrado para ti.

Lo que siguió fue la noche más maravillosa de la vida de Sara.

Al parecer, en Estados Unidos era relativamente sencillo rastrear a un donante de esperma, y eso era lo que había hecho Guido. Desgraciadamente, el padre de

Sara, Alexander Browning, había fallecido. Había muerto a los veinte años cuando estaba de maniobras con su batallón, en África. Era hijo único, y sus padres se habían sentido enormemente felices cuando Guido les encontró y les habló de Sara. Curiosamente, su abuelo, Bob, era contable en una pequeña ciudad de Nueva Inglaterra. Y el motivo por el que su esposa, Laura, le había resultado tan familiar a Sara era porque ella era la viva, y más joven, imagen de la anciana.

Cenaron y charlaron sobre la familia hasta después de la medianoche, y acordaron volverse a reunir al día siguiente.

Mucho más tarde, tumbada en la gigantesca cama, saciada tras hacer el amor, Sara se apoyó contra el pecho de Guido y lo miró a los ojos con los suyos anegados en lágrimas.

–Gracias por todo, Guido, has hecho algo increíble y maravilloso al buscar a mi padre y encontrar a mis abuelos. Me has convertido en la mujer más feliz del mundo.

–Mi objetivo es agradarte –bromeó él mientras le acariciaba los cabellos.

–No bromees, lo digo en serio –una lágrima cayó sobre el pecho de Guido.

–Por Dios, no llores.

–No estoy triste. Son lágrimas de felicidad, por lo mucho que te amo, y porque bajo esa dura apariencia eres un blandengue.

–Haría cualquier cosa para que fueses feliz –él rio y enjugó las lágrimas de las mejillas de Sara–. Pero te daré un consejo: no es buena idea llamar blandengue a tu marido en la noche de bodas. Él podría malinterpretarte y sentirse obligado a demostrar que te equivocas.

Sara rio mientras él le demostraba lo equivocada que había estado.

Bianca

La verdad tras el escándalo...

Santiago Silva se quedó horrorizado al descubrir que su hermanastro se interesaba por Lucy Fitzgerald, que tenía fama de mujer fatal y que, además, creía que la fortuna de la familia Silva era un objetivo fácil.

Furioso, Santiago decidió intervenir para demostrarle que estaba equivocada. Muy acostumbrado a resistirse al peligro de una mujer atractiva, quedó impresionado por la ingenuidad de Lucy y decidió que el lugar más seguro para una mujer tan bella era que estuviera a su lado. Puesto que no le iba a romper el corazón, él era el único hombre que podía poseerla sin perder la cabeza...

ATRACCIÓN DEVASTADORA
KIM LAWRENCE

Acepte 2 de nuestras mejores novelas de amor GRATIS

¡Y reciba un regalo sorpresa!

Oferta especial de tiempo limitado

Rellene el cupón y envíelo a
Harlequin Reader Service®
3010 Walden Ave.
P.O. Box 1867
Buffalo, N.Y. 14240-1867

¡Sí! Por favor, envíenme 2 novelas de amor de Harlequin (1 Bianca® y 1 Deseo®) gratis, más el regalo sorpresa. Luego remítanme 4 novelas nuevas todos los meses, las cuales recibiré mucho antes de que aparezcan en librerías, y factúrenme al bajo precio de $3,24 cada una, más $0,25 por envío e impuesto de ventas, si corresponde*. Este es el precio total, y es un ahorro de casi el 20% sobre el precio de portada. !Una oferta excelente! Entiendo que el hecho de aceptar estos libros y el regalo no me obliga en forma alguna a la compra de libros adicionales. Y también que puedo devolver cualquier envío y cancelar en cualquier momento. Aún si decido no comprar ningún otro libro de Harlequin, los 2 libros gratis y el regalo sorpresa son míos para siempre.

416 LBN DU7N

Nombre y apellido	(Por favor, letra de molde)
Dirección	Apartamento No.
Ciudad	Estado	Zona postal

Esta oferta se limita a un pedido por hogar y no está disponible para los subscriptores actuales de Deseo® y Bianca®.
*Los términos y precios quedan sujetos a cambios sin aviso previo.
Impuestos de ventas aplican en N.Y.

SPN-03   ©2003 Harlequin Enterprises Limited

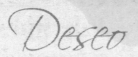

Una desconocida en mi cama
Natalie Anderson

Al volver a casa tras una misión de salvamento y un largo vuelo en avión, en lo único en lo que podía pensar James Wolfe era en dormir, y al encontrarse a una hermosa desconocida dormida entre sus sábanas se enfureció.

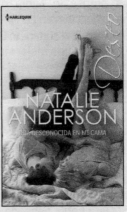

A Caitlin Moore, una celebridad caída en desgracia, un amigo le había ofrecido un sitio donde quedarse, y no iba a renunciar a él tan fácilmente. De mala gana llegó a un acuerdo con James, pero con las chispas que saltaban entre ellos, que podrían provocar un apagón en todo Manhattan, iba a resultar casi imposible que permanecieran cada uno en su lado de la cama.

*¿De verdad era un buen acuerdo
compartir cama?*

Bianca

Se dio cuenta de que seducirla era la diversión perfecta y quería que se convirtiera en su última conquista

La prensa le había dado muy mala fama a Leo Valente, y no sin razón, pero Dara Devlin era una mujer luchadora y no se iba a dejar desanimar tan fácilmente. Necesitaba el castillo familiar que pertenecía a Leo para organizar la boda de una importante clienta, así que, a cambio, había tenido que aceptar ser su novia por una noche.

Si Dara había pensado que su sensatez y su profesionalidad iban a disuadirlo, estaba muy equivocada. ¡Solo habían hecho que Leo la desease todavía más!

RECUERDOS EN EL OLVIDO

AMANDA CINELLI